全民微阅读系列

豆豆香　枣枣甜

徐成龙　著

江西高校出版社

图书在版编目(C I P)数据

豆豆香　枣枣甜/徐成龙著. —南昌:江西高校出版社,2017.9(2020.2重印)

　(全民微阅读系列)

　ISBN 978 - 7 - 5493 - 6056 - 7

　Ⅰ.①豆…　Ⅱ.①徐…　Ⅲ.①小小说—小说集—中国—当代　Ⅳ.①I247.82

中国版本图书馆 CIP 数据核字(2017)第 225571 号

出 版 发 行	江西高校出版社
社　　　址	江西省南昌市洪都北大道 96 号
总编室电话	(0791)88504319
销 售 电 话	(0791)88592590
网　　　址	www.juacp.com
印　　　刷	永清县晔盛亚胶印有限公司
经　　　销	全国新华书店
开　　　本	700mm×1000mm　1/16
印　　　张	14
字　　　数	180 千字
版　　　次	2017 年 10 月第 1 版 2020 年 2 月第 2 次印刷
书　　　号	ISBN 978 - 7 - 5493 - 6056 - 7
定　　　价	36.00 元

赣版权登字 -07 -2017 -1161

目录

第二辑　爱海潮涌

第三辑　世态万象

第四辑　啼笑皆非

第一辑

人间温情

借　钱

　　屋漏偏逢连夜雨，我的骨折还没有痊愈，儿子就生病住进了医院，这像一个晴天霹雳把我击蒙了。现在看病贵，一住院，就需要好几千元钱的住院费，对面朝黄土背朝天的我来说犹如雪上加霜。左邻右舍的日子也紧巴，到哪里借钱呢？我在屋里走来走去，使劲地抽着烟，浓浓的烟雾把我的身子都包围了。

　　媳妇菊女看我一筹莫展，唉声叹气地说："为何不向你的弟弟借呢？"我的弟弟智宏在镇里开了一个小卖部，小日子过得和和美美，在村里是首屈一指的有钱人。一栋三层水泥楼房，一辆小摩托车，进出很是风光。

　　我绞尽脑汁也想不出办法，儿子住院急用钱，心一横，一瘸一拐地出了门。

　　我来到智宏家，他们两口子正在看电视。智宏爱理不理的，冷冰冰地说："有什么事吗？"我瞄了一眼弟媳，见她专注地看着电视，心一沉，尴尬极了。我知道智宏对我生气呢！父亲在分家时，把一间砖瓦房分给了我，惹得智宏两口子一直耿耿于怀，兄弟少了和睦，遇上了也不打一声招呼，仿佛陌生人一样。

　　智宏的媳妇僵着脸，不正眼看我，屁股一扭，踩着地板发出一阵阵响声。我窘迫极了，走也不是站也不是，暗暗地埋怨起菊女来，出了一个馊主意，自己白跑一趟不算，还遭人白眼。

　　弟媳一扭身进了卧室，"砰"的一声响，就把门关了，再也没出来。智宏问:"是不是有事?"我一声叹息,吞吞吐吐地说明了来意。智宏听后瞥了一眼卧室,为难地说:"前几天刚进了货,手头没有现金!"智宏说完,再也没有别的话了。我明白智宏在找借口,显得很失望,悻悻而归。

我走在路上,百感交集,回家怎么跟媳妇说呢? 总不能空着手回家吧。要不兄弟之间的矛盾不全暴露了? 我的脑袋都大了,一脸愁云。万般无奈,我强打起精神,向几个乡亲借了几百元钱,急急忙忙地往家赶去。

我一到家,菊女忙走过来,问:"智宏给了多少?"我把几百元钱往桌上一放,说:"就这些,智宏手头有点紧。"菊女瞅了瞅我,笑着说:"毕竟是亲兄弟,没有让你白跑一趟。钱少人情在嘛。"看着媳妇的笑脸,我心里有说不出的滋味。

一天晚上,智宏来到我家,让我大出意外。自从分家后,智宏从来没有进过我的家。我连忙拿凳子让智宏坐。智宏说:"我不坐,还有事,这一千元钱给你,我知道你要急用。"说完,智宏转身就走,两脚生风。我不明就里,喃喃自语:"究竟是怎么回事? 智宏一下子判若两人。"我感动极了,暗自思忖,亲兄弟就是不一样。

菊女"扑哧"一声笑了,我看着媳妇的怪模样,觉得蹊跷,问:"你怎么了?"

"你前几天的几百元钱哪里来的?"菊女开门见山地问。

"智宏借给我的啊!"我一本正经地说,尽管心里忐忑。

"骗谁啊!"菊女鬼怪精灵的,"我还不知道你们兄弟的关系吗? 水火不相容啊!"

"这有什么好怀疑的,智宏不是又给我们送钱了吗?"我理直气壮地说。

"是我的功劳。"菊女得意扬扬地说。

我百思不解，愣怔着说："怎么说是你的功劳？"

菊女娓娓道来："那一天，我在路上碰上了智宏，向他表示感谢，说他借给我们的钱是雪中送炭，为我们排忧解难。"

我抓着头皮，沉思了一会儿，恍然大悟，说："没想到你还有这一手。"说着咧开嘴巴呵呵地笑。

"骨肉之情还是有的。要是一点也没有，我再怎么高明，智宏也不会主动借钱给我们。"菊女意味深长地说。

我沉吟着，仿佛一抹阳光洒进心里，亮堂堂的。

此后，我和智宏有了来往，成了一对好兄弟。这事一时成了村里的一段佳话。

一个甜瓜

张嫂漠然地站在门口，心神不定地看着田野。太阳狠毒，火辣辣的光线刺得眼睛发痛。张嫂感到一阵眩晕，回到屋内暗自抹泪。她很后悔，悔不该自己鬼迷心窍，竟做出了这样荒唐的事。

其实，说起来也不是什么大事。今天早上，张嫂去自己的自留地割菜，无意中看到了生产队瓜地里的甜瓜成熟了，一个个地裸露着。甜瓜又白又圆，惹得人垂涎三尺，张嫂的视线被紧紧地牵引住了，眼前浮现出儿子渴求的眼神。

就是昨天，村里来了个卖甜瓜的小贩，小贩又高又亮的叫卖声，引来了一群小孩子跟在后面凑热闹。张嫂的儿子看着白胖胖的甜瓜直流口水,缠着张嫂要买甜瓜吃。张嫂二话没说,狠狠地瞪了儿子一眼,气急败坏地把儿子拉回了家。是啊,买一个甜瓜起码要几角钱,对于一分钱也要掰成两半花的庄户人,买甜瓜就显得奢侈,张嫂怎么能舍得?儿子再三央求都不顶用,就呜呜地大哭起来。张嫂硬着心肠,理也不理,便忙活去了。

别看张嫂强硬得很,心疼着呢!儿子是娘的心头肉,连买一个甜瓜的要求都不能满足,张嫂直骂自己是个浑蛋。

朝霞升起来了,映得瓜地有了色彩,使得甜瓜充满了挑逗的意味。张嫂的眼睛一眨也不眨,盯着瓜田里的甜瓜,耳畔似乎响起了儿子的哀求声,脑门一热,朝四周望了一眼,悄悄地摸进瓜地里,立刻摘了一个又白又大的甜瓜,迅速地放进竹篮里,用菜叶遮盖得严严实实。

张嫂立起身,抬头一看,吓出了一身冷汗,浑身不禁一阵哆嗦。菜地里站着张婶,怪异的眼神向她逼视过来,有不屑,有嘲讽。张婶也是来割菜的,神不知鬼不觉地来了。

张嫂满脸通红,心慌意乱,低着脑袋,提着菜篮,逃难似的走出瓜地,慌不择路地向家里走去。

到了家,张嫂的心里怦怦地跳,头重脚轻,身子似乎虚脱了一般,自己的偷瓜行为被人发现了,觉得无地自容。

张嫂如坐针毡,做事也安不下心来,就站在门口,眼神茫然地看着田野,后悔不已。自己从小到大从没有干过偷鸡摸狗的事,到了为人母的年龄,却发生被人耻笑的小偷行为。张婶的为人张嫂是领教过的,爱管闲事,是个多嘴婆娘,常常添油加醋,一粒芝麻大的小事,到了张婶的嘴里就是西瓜大的事了。一次,张婶认为张嫂驱赶自己家那只偷吃稻谷的公鸡,是不给面子,同张嫂大动干戈,唾沫四溅地吵了一场。要是张婶怀恨在心,嘴巴一张,自己的丑行就暴露在光天化日之下,就好比将赤裸的身子展现在世人面前,一生的好名声毁于一旦,怎么做人啊?张嫂越想越难受,心如刀绞,失魂落魄。

张嫂的丈夫从地头回来了,看着妻子忧郁的眼神,傻傻的神情,迷惑不解。他走到张嫂的身边,狐疑地问,你今天怎么了?神色不对啊!

张嫂回头看了一眼丈夫,默不作声。

你到底怎么了?说话啊!丈夫担惊受怕,不由得着急起来。

张嫂张了张嘴,把自己偷摘生产队的甜瓜被人看见了的事说了个一清二楚。

丈夫又气又急,一声叹息,说,你真糊涂啊!怎么能做这样的事呢?丈夫一说,张嫂的泪水又流出来了。

丈夫看着妻子难受,心里不是滋味,万般无奈,只能好言好语地一番劝慰。

下午,张嫂忙着家务,张婶笑嘻嘻地来了。张嫂愣怔地看着张婶,心惊肉跳,脸色煞白,身子一下子软了。她不知道张婶会做出什么事来,暗自思忖,来者不善,善者不来,别装模作样了,你的刀子嘴厉害着呢!黄鼠狼会给鸡拜年吗?

张婶见张嫂冷若冰霜,也不计较,凑近张嫂,压低声音说,张嫂,央求你不要对别人说,我早上摘了生产队里的两个甜瓜,我送你一个,让你的儿子也尝尝。张婶说着,从怀里掏出一个大甜瓜,塞进张嫂的手里。

张嫂抓住张婶的手,惊讶地看着,忙不迭地问,你真的摘了生产队里的甜瓜?

张婶点着头说,这事就你知我知了,你千万不要说出来。求你了。张婶说完,一溜烟地离开了。

张嫂望着张婶远去的背影,轻松地舒了一口气。

这里需要补充一句,张婶没有摘两个甜瓜,送来的那个是从小贩那里买来的。

蘑菇白　蘑菇鲜

春日暖暖的,郁郁葱葱的树林挡住了明媚的阳光,巍峨的山,潮湿的空气,林间一片氤氲,散发着馨香。枯枝落叶间,白花花的蘑菇长得正欢。几只云雀清脆的鸣唱,引来了远处鸟儿的和鸣,给幽静的山谷增添了几许生气。

姑娘抵挡不住一股山风,轻轻一声咳,咳声便袅袅地在幽谷间飘荡,显得空旷的山谷特别幽清。姑娘眉头一皱,打了一个寒战,荒山野岭的,一个姑娘家,恐惧在所难免了。她心里一颤,背着鲜嫩的蘑菇,迫不及待地一颤一颤地走下山来。

一阵"簌簌"响,山坡上游着一条大蟒蛇,碗口粗,丈把长,芯子快速地伸缩,像闪电。姑娘一看,吓呆了,丢魂落魄似的,一声惊叫,慌不择路,一脚踩空,扑啦啦地滑入山涧,痛得她龇牙咧嘴地直哼哼。

就在她惊魂不定的时候,一个声音传过来:"大妹子,你怎么了?"姑娘闻声望去,一个壮实的青年,背着药篓,攀缘在山崖上,灼灼的眼光仿佛一把利剑向她直射过来。她心里"嗡"的一声响,大事不好,一个男的!深山冷坳里,一男一女,不知后果会怎样?她真后悔今天不该上山来采蘑菇。

青年从一块岩石上纵身一跃，急急地向她走来。姑娘挣扎着爬起来，蜷缩着身子，双手紧紧地护住鼓鼓的前胸，欲转身离开，可是一动，腿上刀扎似的疼，迈不开步子，惊恐地看着那青年。

"你哪里摔伤了?"青年一边问着，一边往姑娘身上瞟。姑娘怔怔的，缄默不语，身子缩成一团，瑟瑟发抖，警惕地防备着。

"大妹子，不要怕，我是采药的，不会欺负你。或许我能给你治伤呢!"看着惊恐不定的姑娘，青年人爽朗地笑。"不用了，没关系。"姑娘理了理乱发，按着胸口，头摇得像个拨浪鼓。姑娘支撑着身子，晃晃悠悠地向前走，钻心的痛使她跌坐在地上，动弹不得。

"你受了这么重的伤，不治治，怎么能回家? 不要固执了。"青年耐心地劝说。

夕阳西下，山色更加昏暗了，姑娘想想也是，无奈之中小心翼翼地挽起裤管，露出白白嫩嫩的小腿，恰似一段嫩藕，上面有一道长长的血痕，很醒目。青年愣愣地看着，好久没有反应过来，胸口怦怦地跳。说实话，他是第一次看女人白皙的肌肤呢。青年瞟了姑娘一眼，挨着她的身边坐下，仔仔细细地摸着姑娘的小腿。

"你要干什么?"姑娘发怒了，杏眼圆睁，胸脯起伏不定。

"不要怕，我给你检查呢。"青年微笑着说，拿出草药放在嘴里嚼了嚼，吐出来敷在她的伤处。姑娘感到一股清凉，不好意思起来，微微一笑，脸上飘出两朵红晕。

青年问:"妹子，咋一个人上山?"姑娘调皮地眨了眨眼，说:"采蘑菇做菜呢。"

青年说:"真是苦了你。"

姑娘抿着嘴，默不作声，红红的脸，娇羞的眼。青年的眼神多了一丝关切，使劲地咽了口唾沫。

青年调皮起来,调侃道:"妹子,幸亏遇上我,要是别人,你就……"青年话说了一半便没说。

姑娘抿嘴一笑,眼睛一眨,径自往山下走。

"哎哟!"姑娘一声惨叫,一个趔趄,背篓里白嫩的蘑菇便满地翻滚,像盛开的白花。

青年赶忙走上前,蹲下身子,耐心地捡起地上的蘑菇,一朵又一朵。夕阳斜斜地从树隙泻下,照在青年亮堂堂的脸上,显得英姿勃发。

姑娘挣扎了几下,却始终爬不起来。青年慢慢地扶起姑娘。

"大哥,谢谢你了。"姑娘急急地喘着粗气,目光柔和起来。

"小事呢,谢什么?"青年憨厚地一笑,露出一口白牙。姑娘一动不动,眼角的液体亮闪闪的。

两个人对视着,山鸟呼朋引伴的欢唱在山谷里显得抑扬顿挫。

"妹子,我扶你下山吧!"青年请求道,情真意切。

姑娘的鼻子一酸,晶莹的泪水又溢了出来,说:"大哥,你是好人呐。"

阳光变得殷红了,山色灰暗起来,青年搀扶着姑娘,背着两个竹篓,一步一步地走下山来。

山脚下,青年从药篓中抓过一把草药,递给姑娘,嘱咐道:"回去把它捣碎,敷上。"姑娘笑笑,说:"大哥,我记着。"

青年冲着她一笑,转身离去。

姑娘呆立不动,望着青年魁梧的身材,脸上露出娇羞之色,对着青年的背影说:"大哥,我叫单媚,还要到这里采蘑菇的。"

"单媚,我知道了……"青年浑厚的声音,荡漾在暮色之中。

山谷的鸟儿也扑腾着翅膀,欢快地叫,向着自己的巢飞去。

皮鞋之爱

张立明思来想去了好几天,终于拿定了主意,决定辞职下海。

那个晚上,张立明和妻子赵慧芬坐在床头看电视。张立明显得心不在焉,看一会儿电视,瞅一眼妻子,似乎想说什么。

赵慧芬觉得张立明有点异常,侧过脸问:"张立明,你是否有什么心事?"张立明说:"我跟你商量一件事。"

"你说吧,什么事?"赵慧芬说。

"企业半死不活的,一个月工资只有千把元,这样下去,何时能改善家庭生活?我打算辞职下海。"

赵慧芬很惊讶,说:"出门在外不容易。我没有什么奢求,只要你待我好,粗茶淡饭,我也知足。"

张立明歉疚地说:"你嫁给我不容易,我要兑现自己的承诺。"

赵慧芬嗔怪道:"不要胡思乱想,生活平淡也是福。"

张立明听着很感动,紧紧地搂住赵慧芬说:"我已经决定了。"

赵慧芬点了点头,同意了。赵慧芬信得过张立明,当年恋爱时,她看中的就是张立明做事果断、稳妥。

当年,张立明家里穷,赵慧芬不顾父母的反对,执意嫁给了张立明。

张立明说:"让你受苦了,我一定要让你过上好日子。"

"有你这份心我就知足了。"赵慧芬依偎在张立明的身边,脸上很灿烂。

张立明出去了。出去一年的张立明真的赚了钱,回到家时已是旧貌变新颜了,给赵慧芬带来了许多金银首饰。张立明兴高采烈地说:"我的愿望实现了,你可以过上好日子了。"赵慧芬看着金灿灿、亮闪闪的首饰,喜出望外,幸福之情溢于言表。

张立明真的有本事,几年下来,成了富甲一方的老板,西装革履,衣冠楚楚,进进出出都有轿车接送,还在城里买了一套宽敞明亮的住房。赵慧芬没有后顾之忧,有吃有用,整天悠闲自得,日子过得很滋润。

日子好过了,可是张立明很少在家,一门心思用在生意上,一年最多回家几次,匆匆来,匆匆去,跟赵慧芬柔情蜜意的日子屈指可数。

吃香喝辣的赵慧芬心里有了别样的滋味,白天日子还能凑合,逛逛公园和商场,或者约上几个熟人搓搓麻将,日子不知不觉就打发了。到了晚上却不一样了,独守空房,冷冷清清。看到其他夫妻形影不离,赵慧芬的心里有了那种欲望。她无奈,只好打开电视,把声音调得震天响。

赵慧芬几次打电话给张立明说:"现在日子好过了,不要再操心,还是回来吧!"可是,张立明心里只有生意,不在意赵慧芬的感受,一个劲儿地说:"现在忙,抽不出时间,等到有空就回家。"张立明说是说了,可一忙起生意,就把赵慧芬的叮嘱抛到九霄云外了。

受了冷落的赵慧芬很寂寞,日子过得如同嚼蜡,整天萎靡不振。

一天傍晚,张立明回了家,低头一看,一双锃亮的男式皮鞋映入眼帘。这是谁家皮鞋?是对门的吧!张立明想着,打开了门。

屋里黑黢黢的,赵慧芬不在家。张立明来到卧室,打开了灯,又看见床前摆放着一双皮鞋,锃光瓦亮。张立明的脑袋"嗡"的一声响,有了不祥之兆,谁的皮鞋?难道家里有了男人?张立明心里湿漉漉的。

好久,赵慧芬回到家,见是张立明回来了,激动不已,一下子扑入张立明的怀抱。

"干什么去了?"张立明冷冷地问。

赵慧芬笑吟吟地说:"理发去了,好看吗?"

张立明一把推开赵慧芬,责问道:"门外的皮鞋是谁的?卧室里又是谁的皮鞋?"赵慧芬愣怔了片刻,意识到什么,脸色霎时变了,哀怨地说:"我是故意放着的。"

"这是为什么?"张立明刨根问底。

"我为自己壮胆啊!一个人独守空房,形单影只。门外放着皮鞋,表明家里还有男人,那些小偷小摸也不会轻举妄动。床前放着皮鞋,也有了男人的气息,我就觉得你就在我的身边。"赵慧芬说出了真相。

张立明听了,定睛一看,真的是自己穿过的皮鞋,心尖一阵颤抖,脸一会儿红,一会儿白,为自己的多疑羞愧不已。

拔稗子

可怜天下父母心,我是深有体会的。抚养子女不容易,教育好子女更是一门学问。

幸亏儿子懂事,入学以来学习认真,成绩优秀,品学兼优,让我有了安慰,少了后顾之忧。可是,儿子读中学后,有一件事让我很棘手。儿子在期末一次值日的时候逃跑了,老师知道后,严厉地批评了他,并取消了他"三好学生"的荣誉称号。

这是我第一次听到老师告他的状,心里又气又急,儿子怎么糊涂了?作为学生,认真完成值日任务是天经地义的啊!

儿子放学回来后,我气不打一处来,大声地斥骂:"你怎么不做值日?年龄大了,怎么不懂道理了?明天主动向老师道歉去。"

儿子冷冷地看着我,倔强地说:"老师太不近人情了,小题大做,无非是一次小小的错误嘛,怎么能一棍子打死呢?"

"你还嘴硬,强词夺理,看我怎么收拾你。"我说着,怒不可遏地擂了儿子一拳。

儿子一动也不动,忍着我的打骂,眼睛死死地盯着我,似乎冒着火,嘴角一动一动的。

这时,妻子走过来,说:"有话不能好好说吗?动手打人就能解决问题?"说着,把儿子支开了。

一连几天,儿子不再理睬我,一看见我就远远地避开了,家里蒙上了一层阴影。

看着儿子对我冷眼相看,我心里难受极了。我仔细一想,虽然儿子有错,但老师的处理也有些过头了。我不分青红皂白地乱批一顿,不但不能让儿子心服口服,而且把事情搞僵,弄得不可收拾。冷静一想,我也觉得自己的教育方式确实不当。

一次吃中饭的时候,我和蔼地对儿子说:"你还记恨我啊!打你骂你是为了你好。你都是中学生了,应该分清是非。"

我一说,儿子委屈极了,阴沉着脸说:"老师对我的处理是对的吗?你怎么不说一句话啊?"我不置可否,微微一笑,说:"马上放暑假了，我们去乡下走走，去看看爷爷奶奶。"

好几年没去乡下了，儿子听说去看奶奶，满口答应。趁着双休日，我带着儿子来到了乡下老家。

时值盛夏，阳光火辣辣的，没有一丝风，空气似乎凝固了。我和儿子戴着斗笠，冒着烈日向田野走去。

放眼望去，金黄的稻谷沉甸甸的，一派丰收的景象。几位老伯正在稻田里拔稗子。

儿子轻描淡写地说："这一点稗子有什么了不起，一起收割算了，又不影响碾米，还那么麻烦。"

"不行。"我瞅着儿子，一本正经地说，"不要小看几株稗子，它们生命力很强，要是混在稻谷里充作种子，明年的稗子就会更多，任它们生长，祸害无穷，必须斩草除根消灭掉。"

老伯见一株稗子便拔一株，累得大汗淋漓，把稗子堆积在田埂上。

看着一大堆的稗子，我郑重地对儿子说："你看，看起来没有多少稗子，堆在一起就不是小数目了。不拔掉稗子，后患无穷。"儿子"嗯"了一声，表示赞同。

我看着儿子，话题一转，语重心长地说："做人也是同样道理，如果不及时改掉一个小错误，小错误就会变成大错误，长期下去，让小错误泛滥，人生就会毁于一旦。"儿子听着我的话，幡然醒悟，对我说："爸爸，让我来乡下是你苦心安排的吧？"

我呵呵地笑着说："做人要严格要求自己，不能纵容自己的小错误，要像拔稻田里的稗子一样，经常拔去心里的稗子。这样，人就会更纯洁，更心明眼亮。"儿子心悦诚服地看着我，说："爸爸，我明白了。我会克服自己的缺点。"

儿子心里的疙瘩解开了，露出了纯真的笑容。我摸了摸儿子的头,也欣慰地笑了。

此后,儿子轻装上阵,再也没有犯过错误了,学校里发生的事情都会主动跟我交流,家里又充满了快乐和温馨。在以后读中学的几年里,儿子连续被评为"三好学生"。

疯二娘

我们村子里的人都叫她疯二娘,我不说你也猜得出,她是一个疯子。

听大人说,疯二娘以前不疯,一个风风火火很干练的人,既勤劳又能干,跟左邻右舍相处得很和睦,在村子里有口皆碑。

疯二娘为什么变成疯子,是我心中的谜。

疯二娘整天披头散发,衣衫褴褛,在村子里蹿来蹿去,不是哭就是笑,要不就是嘀嘀咕咕不知道说些什么。

邻居把小孩换洗下来的衣裤晾在竹竿上,疯二娘一见,立即奔跑过去揭下来,抱在胸前,用鼻子使劲地闻,有时把衣裤展开,仔细地瞧。闻够了,瞧够了,疯二娘才把衣裤挂在竹竿上,笑嘻嘻地走了。

大人看见了,不禁地摇摇头,叹叹气,却不对疯二娘说半句不是。

后来,人们发现疯二娘经常找小孩的衣裤玩,就不把衣裤晾在竹竿上,而是挂在屋檐下晒。这样,任凭疯二娘怎么折腾,也够不到衣裤,只好哭丧着脸,眼神发呆地走了。

　　奇怪的是，疯二娘从不对我们小孩子撒野，一见到我们，反而很和善，眼睛也有神，看不出疯疯癫癫的样子。因此，我们小屁孩不惧她，有时候指着疯二娘的背影高声喊："疯子，疯子……"。

　　疯二娘手舞足蹈地追跑几步，又停下来，白了我们一眼，扮一个鬼脸，好像我们讥笑的不是她。

　　更怪异的是，疯二娘喜欢在池塘边转悠，从一个池塘转到另一个池塘，眼睛瞪得大大的，似乎在寻找什么。偶尔，疯二娘还带着一根竹竿，一会儿伸进水里，不停地搅动，一会儿甩着竹竿玩，像一个杂技演员，嘴里念叨着："快回来，快回来。"

　　我们看见了，掩嘴窃笑，真是一个疯子，跟在她的屁股后面凑热闹，大声嚷："疯子，动作快一点。"

　　母亲知道我淘气，严肃地走过来，把我拉回家，狠狠地拍打我的屁股，生气地说："看你还捣蛋不？"

　　我摸着生疼的屁股，连声求饶："不敢了，不敢了。"

　　12 岁那年，有一天，我去池塘钓鱼，疯二娘不知不觉地来了，带着一根长竹竿。我想，这下完了，钓鱼钓不成了。要是疯二娘拿竹竿往池塘里捅，鱼儿早被吓跑了，怎么能上钩？

　　我把钓竿放在岸边，观察疯二娘的一举一动。观察了好久，疯二娘不但没有用竹竿伸进水里，反而一动不动地站着，认认真真地看着我。

　　我觉得疑惑，不由自主地喊出了声："疯二娘。"

　　疯二娘一听，表情生动起来，露出微笑，慢慢地向我走过来。我心里一惊，怕疯二娘欺负我，连忙拔腿就跑。

　　疯二娘没有追上来，拿起我的钓竿，说："钓竿，钓竿。"

　　我见疯二娘不使坏，稳了稳情绪，停下来。疯二娘走过来，把钓竿递给我，上上下下地打量着，眼睛里充满了柔情。

此时的疯二娘显得和蔼可亲,根本看不出她是一个疯子,除了衣衫邋遢之外。

我又回去钓鱼了,疯二娘也转身走回来,沿着池塘踱步,很安静的样子。

鱼儿上钩了,浮标往下一沉,又迅速地浮上来,我用力一提钓竿,一条鲫鱼扑腾着滑出水面。

我高兴得不得了,把鲫鱼从鱼钩上取下来,放进鱼篓里。疯二娘也很高兴,拍着手哈哈大笑。

以后的日子,只要我们几个小孩在钓鱼,总会看到疯二娘站在池塘边转悠,眼睛不离我们左右。这使我们很惊讶。

有一天,我跟母亲到地头割菜,路上碰见了疯二娘。

疯二娘看到我,一边走一边哭,哭得很伤心,连我母亲的眼睛也发红了。

母亲叹息一声,说:"疯二娘,回家吧。"不知怎么的,疯二娘不哭了,看了我一眼,转身向家里走去。

我深感疑惑,问母亲:"你叫她疯二娘,她怎么就不哭,很听话地回家了?"

母亲说:"她有个儿子叫冯二。我这样一说,她以为儿子还在呢!"

"冯二哪里去了?"我狐疑地问。

母亲神情暗淡下来,低沉地说:"冯二在八岁的时候掉进池塘里淹死了。"我听着不禁毛骨悚然。

母亲接着说:"疯二娘哭了三天三夜,后来就疯了。"

我终于明白疯二娘为什么疯,而且老是在池塘边走来走去。我还知道乡亲们喊她"疯二娘",其实不是说她是疯子,而是在喊她"冯二娘"。

伟大的作家

听到李大爷说自己是位作家的时候，老人们个个是张飞穿针眼——大眼瞪小眼。

早晨，太阳从东方冉冉地升起，阳光暖暖地照着大地，几个老实巴交的老人聚在院子里，一边晒太阳，一边谈天说地。当说起自己儿女的时候，李大爷眉梢一扬，嘴巴一咧，冷不防地说了一句贻笑大方的话。

李大爷自豪地说："我是一位作家，创作了……"未等李大爷把话说完，有人就把他的话打断了。

那人用浑浊的眼睛打量着李大爷，用手在他的额上摸了摸，惊诧地说："李万贵，你没发烧吧，竟说起胡话来。你是作家，天下人都是作家了。"

李大爷支支吾吾，羞赧地瞅了瞅，见大家神色古怪，便把自己的下半句话咽进肚子里，再也不吭声了。

老人们的脸上绽开了菊花，思量开了：李万贵啊李万贵，背时了，真不知天有多高，地有多厚，何时见过你片言只语发在报刊上？一个地地道道的农民，斗大的字也不识一箩筐，竟然大言不惭说自己是个作家。都是从小在一起玩大的伴儿，知根知底，一句自己是个作家就能糊弄人？难道你的儿子当了官就可以高人一等，满口雌黄？说不定，今天是当官的，风光体面，一不小心，成了阶下囚也说不定呢！

刚才你一言我一语的热闹场面,被李大爷信口开河的一句话搅黄了,场面霎时冷清下来,谁也不说一句话。李大爷见大家沉默寡言,感觉无趣,弯着腰走了。老人们见李大爷走了,也闷声不响地向家里走去。

从此,经常聚在一起拉呱的一群老人,似乎有了隔阂,不再往来,个个坐在自家门前,空洞地看着白云飘荡,鸟儿飞翔,傻乎乎的。

日子一天天过去,老人们孤零零地坐在门前打发时光,热乎劲儿消失了。

一次,李大爷出去了一趟,走得匆匆忙忙,什么东西也没带,是公家派车接他去的。过了几天,李大爷回来了。有人看见李大爷神色不对,脸色蜡黄,显得苍老,腰更弯了,皱纹更深了,悲悲戚戚的样子。

有人忍不住问:"李万贵,你怎么了?脸色不对啊,是否身体不适?"李大爷摇着头,没有回答,默默地向前走,脚步踉踉跄跄的。

大家觉得不可思议,一个性格开朗的老人,结结实实的,怎么一下子就变了,跟以前大相径庭。大家窃窃私语,谁也不知道李大爷究竟怎么了。于是,有人想起以前笑话李大爷的情景,让他丢了脸面,惹他不开心了?大家都很后悔,也许是李万贵闹着玩,当作笑话说呢!自己怎么小题大做,当成真的?

大家想向李大爷道歉,劝说他一番,消除顾虑。可是,李大爷把自己关在屋子里,闭门不出。

有一天,一阵汽车的喇叭声传来,几辆小车开进了村里,停在了村口,从里面钻出几个扛着摄像机的年轻人,向着李大爷的家走去。

村里人哪见过这个阵势，好奇地聚拢过来，看个稀奇。

几个年轻人对着李大爷不停地摄像、拍照，一位姑娘举着话筒热情地对着李大爷问这问那。李大爷眼圈红红的，断断续续地说："别的我不会说……我最骄傲的是自己是一位作家……"

乡亲们惊讶了，李大爷竟说出这样荒唐的话，太不可思议了。年轻人也傻眼了，李大爷准是太悲伤，昏了头，说起不着边际的话。他们看着李大爷，扛着摄像机不知如何是好。

还是姑娘机灵，拉着李大爷的手，轻声说："大爷，别难过，慢慢说。"

"我没有糊涂。"半晌，李大爷抿了抿嘴，说，"儿子是我最好的作品。"

李大爷此话一出，年轻人感到震撼了。多么朴实的一句话啊！

原来，李大爷的儿子本在城里当局长，后来主动向组织打报告，要求到西部去工作，成了援藏干部。在一次泥石流自然灾害中，为了抢救一位藏民，李大爷的儿子献出了自己年轻的生命，连骨灰也撒在青藏高原了。李大爷没吐露一丁点儿消息，默默地忍受着老年失子的巨大痛苦。乡亲们都蒙在鼓里呢！怪不得李大爷的儿子好久没回家了。

老人们无地自容，懊悔不已，痛心疾首地说："我们冤枉他了，李万贵说的是真话。他不仅是一位作家，而且是一位伟大的作家。"

半夜电话

双休日,学校的生活单调极了,除了偶尔举办舞会再也没有什么娱乐了。寝室、教室、食堂这三点一线的生活让我憋得慌,冷空气的骤然降临,冻得我瑟瑟发抖,缩成一团。生活在南方的我怎能禁得起北方的天寒地冻?

我有了莫名的寂寞和烦恼,约了几个哥们来到学校附近的"骄子"小酒馆。小酒馆虽不大,也没有我们南方酒馆布置得那样精致豪华,但是小小的包厢里温暖如春。我们点了几道菜,买了几瓶酒,歇斯底里地吆五喝六起来,尽情地陶醉在酒肉穿肠过的氛围中。

酒足饭饱,我从小酒馆出来已是醉眼迷离了。夜色像无边无际的黑幕,风似发怒的狮子呼啸着,鹅毛般的雪花铺天盖地地漫舞,直往我的衣领里钻。我只觉得浑身刺骨地冷,牙齿不停地上下打架。我们相互搀扶,醉醺醺地回到了学校。

急匆匆地脱下外衣,随便盖上被子,我便稀里糊涂地睡着了。不知过了多久,蒙眬中听到有人在喊我。我很不情愿地爬起来,才知道寝室管理员叫我接电话。这么冷的天,已经是深夜了,真是麻烦。我不停地嘟囔着,没有一点好心情。

"谁的电话?"我没好气地问。

"不知道,是个长途电话。"也许是我冷若冰霜的神态惹恼了管理员,他的语气也很生硬。我闻之愕然,心里思忖,会有谁在这样的天气里给我打长途电话？我迟疑着，躺在被窝里无动于衷。

管理员见我磨磨蹭蹭的样子，又是一句出乎意料的话："电话来了好几次了，喊你你都没在。"管理员不耐烦地说着，裹了裹棉衣，拔腿就走。我再也不能迟疑了，三番五次来电话，肯定有要紧的事。我只好穿上滑雪衫，移动着狗熊般的身子，冒着寒冷，急急忙忙地去接电话。

我拿起话筒，一句"谁呀"刚发出，立即传来了熟悉而亲切的声音："是石川娃吗？你那里很冷吧。"我恍然大悟，原来是父亲给我打电话。

"爸，有什么事吗？"我很紧张，加上天气冷，说话也不利索了，半夜三更父亲给我来电话，肯定有重要的事，莫非家里出了……我不敢多想，否则父亲怎么会在大冷天打电话呢？

"没有什么别的事，我从电视上看到你那里有一股很强的冷空气，就打电话问问。"父亲似乎在哆嗦，从他的语音里我可以感受到。我一时找不到词儿，只是听着父亲连续地嘱咐："你的衣服够了吗？要多穿衣服，北方跟我们南方不同，千万不要冻着。你的鼻炎严重吗？"我只是"唔唔"着，一句话也说不出来。真的没想到，就是为了交代这些，父亲不顾自己的身体，半夜三更冒着严寒来到一里路外的村部给我打电话，家里没有电话呀。我仿佛看见父亲单薄的身子在凛冽的寒风中发抖的情景，一股暖流涌上我的心头。

"石川娃，你听到了吗？怎么不说话？是否感冒了？"父亲絮絮叨叨着，心急火燎似的，而我却是泪流满面。"爸，我知道了，你放心吧！我很好……"我哽咽道，"你也要保重身体啊！"

"你没事，爸就放心了。""吧嗒"一声，父亲放下了话筒，传来了"嘟嘟"的声音。我愣怔好久才很不情愿地把话筒放下，似乎这个话筒充满了热量。

室外大雪纷飞，白皑皑一片，我一点寒意也没有，心里充满了温暖。躺在床上，我怎么也睡不着，似乎看见父亲慈祥、沧桑的笑容。

戒　烟

毛文娟觉得丈夫这几天有点异常。丈夫以前一吃过晚饭就坐在书房里，一边写文章，一边叼着烟，悠闲自得，乐在其中。现在不是了，丈夫在家不抽烟了，写好文章，也不修改，急急忙忙地推门而出，却不跟妻子打招呼，似乎有迫在眉睫的要紧事。因此，毛文娟心里空落落的。

已经到了隆冬，北风呼呼地刮，天气越来越冷，丈夫依然写好文章，推门而出，过了半个小时又回来。毛文娟几次想问个明白，可是丈夫一言不发，只好闷在肚子里，想着自己的心事。是什么有这么大的诱惑力，让他一晚不落地外出？

这一晚，天下起了鹅毛般的大雪。这么冷的天，待在家里也瑟瑟发抖，毛文娟裹着棉衣坐在沙发上看电视。

一会儿，"吱"的一声响，丈夫披了一件大衣走了。毛文娟的心也随着"吱"的一声响。

听人家说，丈夫行踪诡秘，就不是好事，恐怕有了外遇。毛文娟这样一想，一股寒气从心底冒出来，不禁哆嗦了一下。毛文娟坐不住了，起了疑心，悄无声息地跟在丈夫的后面。

纷纷扬扬的雪花满天飞舞,寒风吹在脸上刀割一般。丈夫迈着大步向前走,到了一个小花园前停住了,东张西望一下,坐在亭子里的木椅上。小花园空无一人,只听见雪花落地的"簌簌"声,几盏孤零零的照明灯发出昏暗的灯光,显得朦胧。莫非丈夫在这里等人? 要等谁? 毛文娟暗自思量,躲在一个阴暗的角落屏息凝视。

丈夫跷起二郎腿,从口袋里掏出一包烟,抽出一支,"吧嗒"一声点燃,凶凶地吸了一口,吞云吐雾起来,极享受的样子。毛文娟觉得蹊跷,环视周围,除了丈夫一人在抽烟,连半个人影也没有。

丈夫抽了几支烟,在花园里转了一圈,又向家里走去。丈夫的行为让毛文娟百思不解,真是奇怪。毛文娟见势不妙,容不得多想,拔腿就走,赶在丈夫前面回到了家。

毛文娟刚定了神,丈夫就进门了。她试探着说:"这么冷的天,怎么还要出去? 难道有要紧的事?"

"没事,随便走走。写作累了,活动活动筋骨,呼吸呼吸新鲜的空气。"丈夫若无其事地说。

"你是否有什么事瞒着我?"毛文娟漫不经心地说,"难道不能跟我说吗?"

丈夫心里一惊,咧嘴一笑,说:"到外面抽烟了。"

"抽烟?"毛文娟心生疑窦,说,"以前你不是都在家抽烟吗? 怎么要到外面抽?"

"每次抽烟,你都会不停地咳嗽,看到你难受的样子,我就出去抽了。"丈夫如实相告。

毛文娟心里一阵激动,丈夫真的没有骗她。事实证明丈夫没有撒谎。想不到平时大大咧咧的丈夫这么细心。

毛文娟感慨万千地说:"想抽烟就在家里抽吧,大冷天,出去受凉感冒了咋办?"

"不碍事。身子骨强着呢!"丈夫拍着胸膛,笑容满面地说。

又到晚上,丈夫坐在电脑前写了一会儿文章,又要出去。毛文娟发觉了,拦住他,郑重其事地说:"忍不住烟瘾就在家里抽吧,我到外面转一圈。"说着,拿出烟灰缸放在电脑桌上。

丈夫点燃了烟卷,抽了几口,目光炯炯,很陶醉的样子。猛地,他想起什么,狠狠地摁灭了烟蒂,立即开门出去了。

毛文娟在楼下徘徊,冷得直跺脚。丈夫见此情景,心疼不已,赶忙把大衣披在她的身上。

夫妻俩有说有笑地回到了家,丈夫毫不犹豫地把烟灰缸扔进垃圾箱里,斩钉截铁地说:"我再不抽烟了。"

果然,丈夫说到做到,一到晚上坐在电脑前"噼里啪啦"地敲击键盘,只是构思时,手指夹着一支笔,装模作样地闻着。

一位公交车师傅

由于工作的变动,我要到公司的分部去上班。

公司的分部坐落在郊区,离我居住的小城有一段距离,幸好通了公交,虽然上下班有些不方便,也解了我的后顾之忧。

通往公司分部的路况不是很好,虽然铺上了沥青,但是坑坑洼洼的。

第一次坐公交车去上班,我早早地到了停靠点去等候,以我往常的经验,公交车是不太准时的,我怕迟到影响工作。

出乎我的预料,公交车很准时地来了,我如释重负地上了车,找了一个位置坐下,透过车窗欣赏路边的风景,倒也自得其乐。

坐了几次公交车,我发现开车的都是同一位师傅,发车很准时,车开得稳稳当当,不快不慢,感觉不到颠簸。在我看来,这位师傅很难得,车技不错,一定是一位老司机了,对路况很了解,操纵自如。

师傅姓郑,是我后来知道的,很和善,中等个子,不胖不瘦,浓眉大眼,皮肤黝黑,剃一个标准的小平头,对人总是微笑。一笑,就露出一口白牙。

一来二去,我跟郑师傅熟悉了,每当我上车,他总会跟我打个招呼,问个好,像老朋友一样。

公交车开了一站,停靠一下,旅客陆陆续续地上车了,郑师傅及时提醒旅客要注意的事项。即使有时上车的人很多,车厢很拥挤,闹哄哄的,郑师傅也不急不躁,很有耐心地劝导。他一说,乱哄哄的车厢霎时安静下来。

郑师傅言语不多,只是在人们上下车的时候,提醒几句话。开车的时候,手握方向盘,两眼注视前方,专心致志。

让我觉得不可思议的是,一年下来,郑师傅从来没有请过假,不管是寒冬还是酷暑,一直坚守岗位,一心一意地开着自己的车。

有一天,发车的时间还没到,趁着这个间隙,我跟郑师傅攀谈起来。

我问:"郑师傅,你开车多长时间了?"

他答:"二十多年了。"

我问:"一年下来,在我的记忆中,你从没有请过假吧?"

他回答:"是的,我没有请过假。"

我越发好奇，又忍不住地问："是什么力量让你热爱这份平凡的工作？"

郑师傅憨厚地笑了，说："热爱谈不上，也没什么原因。以前我家穷，买不起车。结婚后，妻子很善良，从没有提过买车的事。她曾经开玩笑对我说：'你跟公司的老总说说吧，让你开我上下班那条线，我就当你每天接送我，我就心满意足了。'我觉得妻子说得在理，点头答应了。我跟老总一说，老总毫不犹豫地同意了。就这样，我开这一条线，就开了这么多年头了。"

我听得一愣一愣的，多么温馨、浪漫的事啊！我钦佩地说："这么多年，你风雨无阻，按时上岗，真是一位有强烈责任心的人啊！"

郑师傅的嘴巴一咧，平静地说："什么叫责任心我说不出来，既然我答应妻子了，就要说到做到。如果对妻子说的话都不算数，还能对谁说话算数？我还是一个大老爷们吗？"

多么朴实无华的话，我一时无语，陷入了沉思。

半晌，我醒悟过来，说："你的妻子好有福气啊！有这么一个信守诺言的好老公，上下班陪着她。"

郑师傅一听，脸色立刻阴沉下来，一声深深的叹息，缄默不语。我挺纳闷，郑师傅怎么会有这样的表情。我自讨没趣，尴尬地转身向一个座位走去。

郑师傅抬头看了我一眼，低沉地说："我的妻子再也不能坐我的车了。"

我很惊讶，狐疑地问："究竟是怎么了？"

郑师傅说："她得了不治之症，几年前离开了我。"我一听，心里塞了铅块似的，堵得慌。

郑师傅接着说："虽然她不在了，我开着这辆车，总觉得她就在我的身边,我在为她开车。"

我心里说不出啥滋味,肃然地看着郑师傅,默然无语,百感交集。

开车的时间到了,郑师傅坐正了身子,心无旁骛,按了一声喇叭,车子稳稳地向前开去。

我觉得有一位女人,正笑容满面、深情地看着郑师傅。

门

院子里住着十来户人家,房子是木质结构,两层楼,连接在一起,中间围成四四方方的天井。南边有个大门,白天,两扇木门敞开着。到了晚上,门闩一闩,严严实实,乡亲们安安稳稳地睡个踏实觉。

那时候,家家户户参加生产队劳动,日出而作,日落而息。农闲的时候,人们围坐在天井里漫无边际地聊,说的是家长里短、柴米油盐的闲话。偶尔听民间艺人唱道情,每户自愿拿出一些大米,算是给艺人的报酬。

一天,来了一个瘦高个中年人,温文尔雅,戴着瓶底厚的眼镜,住进了院子靠近大门边的一间空房里。空房里原来住着一位五保户,五保户去世了,房子闲着,村干部一想,稍作拾掇,就派上了用场。

瘦高个沉默寡言,一双睿智的眼睛,一看就是个有学问的。听人说,他犯了错误,是到乡下接受劳动改造的。白天,瘦高个参加生产队的劳动,晚上,一人躲在房间里,不知道干啥。反正他家的灯最迟熄灭。

后来,村里来了几个女知识青年,说是接受贫下中农的再教育,住在大队部里。如花似玉的女青年来到了村里,就像给平静的湖面投进了几颗小石子,激起了波澜。小伙子蠢蠢欲动,在家里待不住,一到晚上就出去,要很久才能回来。

小伙子回来夜很深了,大门紧闭,于是高声喊叫:"开门啊开门。"有人听见了,爬起来开门。久而久之,村民们烦了,尤其进入了梦乡,被小伙子一喊,就没有了睡意,个个怨声载道。

几个长辈冲着小伙子吼:"你们出去干啥? 真是没出息,没见过姑娘似的。"小伙子置之不理,我行我素,惹得长辈一个劲儿骂。

到了夜里,小伙子照样出去,可是没有人听到叫开门的声音,村民们觉得奇怪,仔细察看,原来瘦高个在门闩上系上一条绳子,连接到房间内,绳子用力一拉,门闩就拉开了。乡亲们夸奖道:"城里人就是聪明,有办法。"

瘦高个晚上睡眠少,白天又要参加高强度的体力劳动,疲惫不堪,眼睛里布满了血丝。

院子里有一位年轻的寡妇,叫春兰,长得颇有姿色,进进出出看着他怪可怜的,怜悯之心油然而生。

春兰遇见瘦高个,说:"你夜里开门好几次,这样下去会影响身体的。"

瘦高个说:"没事,我挺得住。"

"别逞强了。我也靠近大门,开门的事我来做。"春兰说着,就把绳子割断了。晚上一有人喊开门,春兰就披衣下床去开。

到了夏收夏种,村民们忙了,要到太阳落山才能回家。春兰在河埠头洗衣服，见瘦高个也在洗，说："你辛苦了一天还要洗衣服，我帮你洗吧！"

瘦高个说："我自己来。"他说话的时候，目不斜视，拙笨地忙活。

"别固执了，以后我就帮你洗。"春兰说得很诚恳。

瘦高个微微一笑，说："我是接受改造的，怎么能连累你？"

"你一不偷，二不抢，改什么造？"春兰说着，拿过瘦高个的衣服洗起来。以后，春兰浆洗衣服的时候，就悄悄带上瘦高个换下的衣服。

天下没有不透风的墙，春兰跟瘦高个有了来往，有些男人不好受了，把情况向大队干部做了汇报，说瘦高个心术不正，打春兰的鬼主意。村干部一听觉得非同小可，向上级作了反映。没过几天，瘦高个被带走了，谁也不知道他到哪里去了。

看着邻居怪异的眼神，春兰受不了，似一把刀戳进心里，低着头悄悄地走了。到了晚上，春兰孤寂地躺在床上，泪眼蒙眬中，似乎看见瘦高个站在面前，一言不发地看着，神态既有感激，又有怨恨。

每晚，小伙子兴高采烈地出去，跟女知识青年黏糊。回来时，敲着门大声喊叫，春兰从梦中醒来，也懒得开门了。小伙子的高喊声，惹得大家个个睡不好，暗地里骂小伙子没有家教。等到小伙子的亲人听见起来开门，才息事宁人。于是，有人就会想起瘦高个，说起他的好。

过了好几年，瘦高个来过村里一趟，带着春兰出去了。有人看见，瘦高个精神抖擞，春风满面，跟春兰说得很投机。

此后，院子里的大门没有人上闩了，白天黑夜都敞开着。

阳台上的一盏灯

　　我家住在深山冷坳,土地贫瘠,到处是乱石岗,耕种庄稼很不容易,只能是看天吃饭,日子过得相当艰难。为了改善生活,我携妻带女来到了千里之外的一个小城,走上了打工之路。

　　由于我文化水平不高,又没有手艺,要找一个体面的工作很不容易。我三番五次到人才市场寻找工作,都碰了一鼻子灰,一无所获,深感前途渺茫。

　　就在我心灰意冷的日子里,一个好心的老乡给我介绍了一份清扫垃圾的工作。我知道,找工作难,于是我很珍惜这份工作,哪怕又苦又累。

　　我负责清扫街道卫生,为了多赚钱,还承包了一个旧小区的垃圾清理。白天风里来雨里去,忙于清扫街道,只能利用晚上的时间去清理小区的垃圾,从清早一直忙到晚上,工作强度可想而知。作为山里人,出门就爬坡,苦点累点算不上什么,让我棘手的是,小区里的照明灯大部分都坏了,一到晚上,黑魆魆的一片,清理垃圾碍手碍脚,很麻烦,自然要多花一些时间。

　　一天晚上,我在小区 8 号楼前清理垃圾,突然,一丝亮光透了出来,给我带来了光明,让我喜出望外。虽然灯光有些昏暗,却大大提高了我的工作效率,没费多少时间,垃圾就清理完了。我在这里清理垃圾有十几天了,这样的好机会却是第一次,机会实在难得。

第二天晚上,我来到小区 8 号楼前打扫卫生,不早不迟,灯光又透了出来,谢天谢地,运气真好。我高兴极了,心里亮堂堂的,干活的劲儿更足了。

以后的每天晚上,当我来到小区 8 号楼清理垃圾的时候,灯光总能投射过来,而且很准时。我很奇怪,是谁也跟我一样,有着同样的工作时间。我东张西望一番,原来是二楼一户人家的阳台上亮着一盏灯。

我对二楼的主人有了好感,不禁开始留意。我几次观察,让我不可思议的是,二楼阳台上亮着灯的时候,从没有人在做事,甚至连一个人影也看不到。我暗自思忖,这是怎么回事呢?这样亮着灯,真是太浪费了,积少成多,也是不小的开支啊!我转而又想,大概是主人一时疏忽,忘记关灯了吧。

一天晚上,我清理好小区 8 号楼的垃圾,犹豫了一阵,最后鼓起勇气,按响了二楼的门铃。

几声"叮咚"响,出来了一位老大娘,鹤发童颜,身子骨挺硬朗,穿着整洁的衣服,笑眯眯的,显得和蔼可亲。

老大娘看着我脏兮兮的衣服,一点也不在乎,亲切地问我:"你有什么事吗?"

我说:"大娘,你忘记关灯吧?你家阳台上的灯每天晚上都亮着呢!"

老大娘笑了笑,说:"谢谢你告诉我,年纪大了,容易忘事,等会儿我就去关。你进来坐吧,喝杯茶。"我说自己还有事,就向大娘道别。

走在回家的路上,我既高兴又担忧。高兴的是我做了一件好事,提醒主人关灯,可节约一点钱。担忧的是以后清理垃圾没有灯光照明,工作起来麻烦,时间就会延长。

事实证明,我的担忧是多余的,后来,我来清理垃圾的时候,二楼阳台上的灯依然亮着,而且灯光更明亮了,显然是换了一个高功率的灯泡。

我百思不解,如坠云雾里,莫非老大娘真的糊涂了?怎么没有一点记性?可是,从她的言行举止来看,行动利索,口齿清楚,声音洪亮,丝毫看不出糊涂。那又是什么原因呢?我苦思冥想也琢磨不出所以然,心里挺纳闷的。

我决定要弄个水落石出,就多了一个心眼。几次暗中观察,我掌握了一个规律:我来清理垃圾的时候,二楼阳台上的灯就亮起来;我走了,二楼阳台上的灯就灭了。天天如此。

我一拍脑门,恍然大悟,老大娘点灯就是为我照明啊!是为了我方便清理垃圾呢!我说不出的感激,心里暖洋洋的。老大娘真是一副菩萨心肠啊!

知道了真相,我来这里清理垃圾,不管身体多么疲惫,都会尽力去做,争取以最快的速度完成。因为,我仿佛看见,明亮的灯光下,一位老大娘站在我的面前,慈祥地看着我,冲着我微笑。

托　举

这件事是朋友对我说的。当时,我们俩正在茶室里快乐无比地喝茶聊天。我不知道朋友是特地跟我说,还是无意提起。

我和朋友都忙于自己的工作,好久没有联系了。一天晚上,风很大,天很冷,我正在看电视新闻,朋友打电话对我说:"兄弟,晚上请你去喝茶。你一定要赏脸。"

"好有兴致啊！恭敬不如从命。"我虽然觉得很突然，还是欣然答应了。

我披上厚实的外套，兴高采烈地来到了约定的茶室，朋友已经等候多时了。久别重逢，我们格外兴奋，喝着清香浓郁的茶，聊着天南地北的事，轻松自在，逍遥惬意。

倏然，朋友异样地看着我，话题一转，一本正经地说："跟你说一件事吧！"

看着朋友一脸的凝重，我有点惊愕。我问："什么事让你如此郑重？"

朋友说："这件事藏在我的心里有好几天了，憋在心里特别难受，愧疚不已，连吃饭都没有滋味。"

朋友是个实实在在的人，不会说一些戏谑的话。这一点，我深信不疑。我觉得非同小可，坐正了身子，认真地说："你说吧，到底是怎么回事？"

朋友递给我一支烟，自己也点燃了一根，深深地吸了一口，慢慢地说起来。

那一天，朋友一家人出去旅游。这是他一家第一次自驾游，一路畅通无阻，玩得很尽兴，心情很愉快。回来的时候，下了高速，没开多长时间，车子被堵住了，像蜗牛爬行一样，走一段路，停一会儿。他探出车窗一看，外面排成了一条长龙。

天渐渐暗下来，天气发生了变化，狂风大作，纷纷扬扬下起了大雪。朋友又冷又饿，归心似箭，却无可奈何，只能干着急，心里愤愤然，又堵车了。

车子缓慢地行进，行驶了近半个小时，朋友看见一位干瘦的老人，老人披着一件棉袄，脸色通红，冒着飘舞的雪花，勾着腰站在公路的中间,手里擎着一根竹竿,看着一辆辆车子缓缓向前开去,露出满意的笑容。

我听着,觉得不可思议,不由自主地插了一句:"这位老人干什么?"

朋友说他也不知道。据他当时判断,就是这位老人挡道了,害得车辆受阻,便在心里诅咒了一句,这老不死的,哪里不能站,偏偏站在公路上,真是一个神经病。

我听了,感同身受地说:"是个找死的家伙,该骂。骂他个狗血喷头。"

朋友看了我一眼,怪异地挤出一丝笑,抿着嘴,却没有发出声来。

我觉得蹊跷,狐疑地问:"难道这个老人不应该骂吗?"

朋友搔了搔头皮,继续说起来:"一家人回到家,说起堵车的事,激愤难抑,甚至说了很恶毒的话,心里才舒服。"

我说:"人之常情,碰上这样的倒霉事,谁都会憋屈。"

半晌,朋友舒了一口气,对我说:"可是,事情并不是我们想象的那样。"

"那又是怎么一回事?"我越发迷糊了,要问个一清二楚。

朋友瞅了我一眼,告诉我,后来他在当地的报纸上,看到了一则新闻,说是一位大爷,发现一根电线被大风刮断了,为了车辆行驶的安全,拿了一根竹竿,举起那根掉落的电线,在凛冽的寒风中,站了一个多小时。

"这跟你说的事有什么关系呢?简直驴唇不对马嘴。"我觉得又好气又好笑,朋友说话毫无逻辑,颠三倒四,便心不在焉地说。

"报纸上说的大爷就是这位老人啊!发生的时间地点都一

样。"朋友郑重其事地说,"我们都冤枉他了。"

"真的是这样?"我心里一沉,急切地问。

朋友痛心疾首地说:"是啊。我们不了解情况,瞎猜度,乱琢磨,把好心当作驴肝肺,不但不感恩,还骂他,实在不应该。其实,该骂的是我们啊!"

我一时狐疑地看着他。朋友毫不在乎我的反应,继续絮叨起来:"看了这个新闻,我很难过,一个晚上睡不好,非常后悔和自责,眼前晃动的都是这位大爷。后来得知,那根电线是废弃了的,但是大爷不知道。他只想到的是过往车辆的安全,一种人性本能的驱使。"

我不知道该说什么,只觉得心里沉甸甸的,为自己,也为这位大爷。

朋友感慨道:"大爷托举的不是一根电线,而是人性的光辉啊!"

朋友说得真好,我陷入了久久的沉思……

乌溜溜的大眼睛

他见到她的刹那,仿佛被电流击中,愣愣地站着,不知所以。

他被她一双乌溜溜的大眼睛迷住了。这双眼睛很大,水灵灵、亮晶晶,恰似两颗黑宝石,说不出的迷人。

见他愣头愣脑的神情,她很奇怪,眼睛一忽闪,说:"喂,你怎么不说话? 愿意还是不愿意?"

他醒悟过来，傻傻地笑，鸡啄米似的点头："我愿意，我愿意。"说着，麻利地把自己的行李从下铺提到上铺，又把她的行李从上铺拿到下铺。

她感激地说："谢谢你。"

他客气地说："没关系。"

他是英俊的小伙子，一表人才。她是漂亮的姑娘，亭亭玉立。他们互不相识，在火车上偶然巧遇，是萍水相逢。他睡在下铺，她睡在上铺。

一声汽笛震耳欲聋，火车缓缓启动，越驶越快，风驰电掣，远处的景物一掠而过。

他从上铺跳下来，坐在她的下铺，痴迷地看着她。

"哎，你为啥看着我？"她嫣然一笑，眼神有一丝羞怯。

他没有回答，一往情深地看，心驰神往。

"你这人怎么没礼貌？问你也不回答。"她有点懊恼，抿了抿嘴。

他微微一笑，歉意地说："不好意思。我在看你的眼睛。"

她心里笑，真有他的，看人也不是这样看的啊！那么直白，那么执着。

"眼睛有什么好看的？"她的脸微微一红，柔声细语地说。

"你的眼睛太妩媚了。这样好看的眼睛，我是第二次看到。"他直爽地说。

她莞尔一笑，眼神更有韵味了，说："你埋汰我吧！真的有那么好看？"

"好看，百看不厌。"他说，心里荡起了春波。

"你的眼睛也好看。"她羞涩地说，"深邃，炯炯有神。"

"谢谢你的夸奖。"他说着,露出一丝羞赧。

几次三番,你来我往,他们熟悉了,彼此有了好感,话语更加自然、投机了。

他问:"妹子,你到哪里去?"

"西藏。"她坦诚相告,"大哥,你去哪里?"

他沉思片刻,说:"我也去西藏。"

他本来要在青海下车,然后再去西藏,一听说她去西藏,就把自己的行程改了。

有人喊:"快看,藏羚羊。"

他和她一起走到窗口,透过窗玻璃极目凝视。

一大群的藏羚羊,有的低头,若有所思;有的抬头,东张西望。它们神态自如,很悠闲的样子。

"看见雪山了。"

"看见沙漠了。"

"看见草原了。"

"看见湖泊了。"

他们兴奋地呼喊,每说一句,相视一笑,眼波荡漾。

"去旅游?"他问。

"是的,我喜欢旅游。"她俏皮地答,"西藏是我梦寐以求的地方。"

"去旅游?"她问。

他犹豫了一下,说:"是的。我也喜欢西藏。"

"你喜欢西藏的什么?"她狡黠地问。

"风俗人情。"他答。

她侧过脸,瞟了他一眼,眼含春意,心里想,一个细腻多情的人。

"你喜欢西藏的什么?"他调皮地问。

"雪山湖泊。"她答。

他回过头,瞅了她一眼,眼神火辣辣的,心里想,一个豪爽大气的人。

"你怎么又看我了?"她说。

"看到你的眼睛,我想起了一个人。"他低沉地说。

"谁?"她匪夷所思,左眼一眨,右眼一眨,忍不住问。

"我的恋人。"他说,"跟你的眼睛一模一样,乌溜溜的,娇媚动人。"

"她怎么了?"她眉头蹙了蹙,疑惑地问。

"一场雪崩夺走了她的生命。"他伤感地说,"我这次来西藏,就想去看看她支教的学校。"

"我能跟你一起同行吗?"她请求道。

"你愿意?"他问。

"我愿意。"她答,眼里流光溢彩……

汽笛拉响了,浑厚雄壮。拉萨到了,火车稳稳地停下来。

他和她背着行李,心花怒放地走出站台,随着人流相伴着向前走去。

给你一点亮光

范丽娟近阶段心里有点失落,进进出出一言不发。她总觉得老公王洁庆开始对她疏远,没有以前那样亲热了。

近几天,范丽娟和王洁庆晚上出去散步时,不管范丽娟是否准备就绪,王洁庆急匆匆地下了楼,独自走了。

以前不是这样的。

以前的范丽娟跟丈夫王洁庆是一对恩爱夫妻,出门成双,入门成对,尤其是晚饭后,不管刮风下雨,他们雷打不动,都会出去散步,手牵手一同下楼,从六楼走到楼下,然后肩并肩地溜达,说说知冷知热的话,看看夜色中的美景,呼吸洁净的空气,不急不躁,很有耐心,逍遥自在,乐在其中。过往行人都会投以羡慕的眼光,范丽娟也觉得自己很幸福,很自豪。

事情的变化是从一天晚上开始的。

那天晚上,范丽娟笑嘻嘻地说:"我们可以出去散步了。"

王洁庆说:"好啊!"说着,立即打开门走了出去。

范丽娟说:"别急嘛,等我一下。"王洁庆当作耳边风,头也不回,像一位救火队员,"噔噔噔"地下了楼。

连续几天,王洁庆都是这样,一说出去散步,一马当先地往外走。这算是什么呢?范丽娟觉得蹊跷,百思不得其解,浮想联翩。她知道自己的几位姐妹,就是在由热变冷中分道扬镳的,没有龃龉,没有争吵,说离就离了,谁也猜不透其中的谜。王洁庆的行为是否也是某种预兆？

难道我的神情变化他看不出来吗？为什么不闻不问，整天嘻嘻哈哈的？显然，老公毫不在意自己了。范丽娟越想越委屈，走进了情感的死胡同。

有几次，范丽娟想问问王洁庆究竟为什么，看着老公谈笑风生，话到嘴边又咽了下去。范丽娟想，假如老公真的讨厌自己了，问也是白问，说不定还要自取其辱呢！

下午下班后，范丽娟木木地坐在沙发上，烧菜煮饭的心思也没有。范丽娟愣愣地坐了十几分钟，强打精神起来做饭。范丽娟是个自尊心极强的人，她不愿让王洁庆看扁她。

晚饭后，范丽娟坐着不动了，拿起一本书看起来。

王洁庆嬉笑着说："可以出去散步了！"

范丽娟瞅了瞅，冷冷地说："没意思，不想去。"

"怎么没意思？"王洁庆说，"三四年都坚持下来了。你看，你的身材跟姑娘分毫不差。"

范丽娟苦涩地笑了笑，说："时过境迁，不可同日而言了。"

"你发什么感慨啊！"王洁庆幽默了一句，"走吧，散步去。好身材是走出来的。"说着，拉起范丽娟的手，向门口走去。

王洁庆打开门，说着"我先走了"，迅速地下楼了。

范丽娟眉头一皱，心里疙疙瘩瘩的，犹豫了好久才懒洋洋地向楼下走去，心情湿漉漉的，迈一级台阶似乎都很沉重。

范丽娟走到了楼下，看见王洁庆在走来走去。

王洁庆困惑地问："晚上下楼怎么这样慢？"

"又不是什么要紧的事，急什么？"范丽娟心不在焉地答。

"我以为你摔着了呢！"王洁庆说。

"我又不是三岁小孩，走楼梯也会摔跤？"范丽娟轻描淡写地说。

"你不知道吗?"王洁庆问。

"我知道什么?"范丽娟更加狐疑了。

王洁庆说:"我们这幢楼的楼道照明灯声控坏了,以前只要有走动的声音,照明灯就能自动亮起,现在需要人工触摸,楼道灯才能发亮。否则,楼道黑乎乎的,走起来不方便。"

范丽娟瞅了瞅王洁庆,若有所思地问:"你先走就是为了按亮楼道灯,给我照明?"

王洁庆搔着头皮,呵呵地笑,说:"是啊! 否则我走在前面干什么? 我们都是一同下楼的啊!"

原来如此,范丽娟怎么也没有想到,老公真是一个细心人啊! 范丽娟很感动,眼眶润湿了。

王洁庆说:"你这是怎么了?"

范丽娟难为情地说:"是我冤枉你了,我以为你不愿搭理我,冷落我,故意走在前面呢!"

说着,范丽娟挽起王洁庆的胳膊,笑容满面地向着外面走去,心里的阴影消失殆尽。她觉得晚上的街灯更加璀璨了。

破烂王

我所说的破烂王是一位保洁员,准确地说是一位捡破烂的老人。我之所以说他破烂王,因为他有过人之处。

一天,我受朋友之托去寻找一个人。这个人我是熟悉的,是一位画家,见过几次面,可是我把他的具体住址和姓名给忘了,只记得他住在江城小区。

我办完了公事,来到江城小区,打听了好几个居民,他们不是摇头就是说不知道。有人提醒我:"这里住着几百户人家,无名无姓的,到哪里去寻找?别枉费心机了。"我想想也是,焦急地走来走去,看着一幢幢高楼一筹莫展。

这时,走来了一个瘦小的老人,手里提着一个大纤维袋,六十岁左右,饱经风霜的脸上刻满了细细密密的皱纹,看上去朴实憨厚。

老人走到我的面前停下来,瞅了瞅,开门见山地问:"请问,你是在找人吧?"

"是啊!"我心里感到奇怪,惊奇地问,"你怎么知道?"老人没有回答,只是笑了笑。

找不到人就完成不了朋友托付的事,我没有心思跟老人拉呱。我仿佛热锅上的蚂蚁,东张西望,盼望出现奇迹,盼瞎猫能碰上死耗子。

"你不知道他的家?"老人见我着急的神情,打量着我问。

我见老人哪壶不开提哪壶,心里烦了,表情冷漠地瞥了他一眼,没了好语气:"我知道他的家,还站在这里丢人现眼?"说着,我转过身向外面走去。

老人没有在意我的粗鲁,咧着嘴说:"你等等,或许我能帮你的忙。"

我停住了脚步,惊诧地问:"你怎么帮我的忙?"

老人认认真真地问:"你要找的人干什么的?"

"一位画家。"我冷冷地说。

老人搔着头皮,眉头拧成了疙瘩,做思考状。突然,老人乐呵呵地说:"你要找的人住在8号楼2单元402室。"

"你那么肯定?"我半信半疑,眼睛瞪大了。

"八九不离十。"老人不容置疑地说,"这个小区只有一位画家。"老人说完,就去收拾小区里的垃圾,一袋一袋地装进纤维袋里。我才知道老人是小区里的保洁员。

抱着碰运气的心态,我按照老人说的地址敲开了门,果然找到了我要找的人。这位画家正在挥毫泼墨呢!

画家迟疑片刻,反应过来了,热情地说:"稀客稀客,进来坐。什么风把你吹过来了?"说着,泡了一杯茶递给我。

"找你可不容易呢!"我愤愤然。

"我这不是有门牌吗?"画家说得很轻松,脸上挂着笑。

"我忘了。"我讪讪一笑。

"那你怎么找上门的?"画家惊讶地问。

"一位瘦小的老人帮的忙,是这里的保洁员吧!"我如实相告。

"哦,怪不得。"画家茅塞顿开,说,"这位老人厉害着呢,好几次来客找不到门,都是他指点才找到的。"

"他这么神通广大?"我匪夷所思地说。

"是啊!简直不可思议。小区这么多人,他怎么知道谁是谁?"画家嘀咕着,一脸的迷茫。

完成了任务,我从画家家里出来。走到小区大门口,我看见那位老人在整理收拾起来的垃圾袋,分门别类地分拣。

"老伯,谢谢您啊!"我说。

老人回头一看是我,搓着双手,难为情地说:"小事,不值得谢。"

我心血来潮,决定破解老人的谜,问:"老伯,您怎么知道画家住在那里?"

老人略带羞赧地说:"不瞒你说,我也是蒙的。不过,经常挨家挨户清理门前的垃圾,渐渐地看出了名堂。"

我如坠入云里雾里,忙不迭地问:"此话怎讲?"

"你想,一户人家的垃圾袋里,长年累月地装着涂满了颜色图案的废纸,他不是画家又会是什么呢?"老人直言不讳。

我明白了,夸奖道:"老伯,您真是一位细心人啊! 俗话说,三十六行,行行出状元。您是状元呢!"

老人的脸一红,笑了,笑得很开心,满脸的皱纹都舒展开了。

门前的老槐树

夜幕垂下来了,忙碌了一天的山民歇息了,村子里影影绰绰,静默得可怕。李嫂坐在门前的老槐树下纳了一会儿凉,便起身进屋洗了身子,关了电灯,坐在椅子上看电视。

电视节目是爱情故事,男女主人如胶似漆,缠缠绵绵,恩爱的情景就在眼前。李嫂看着心里酸酸的,自己一人孤孤单单、冷冷清清,想找人说些亲热的话儿也不可能。早几年,丈夫进城打工,一次意外事故让两人阴阳相隔。对于成熟的女人,一人守着空房,怎么不叫人伤心落泪呢? 李嫂看着电视,眼眶里噙着泪水,在银光的映照下,一闪一闪的。

忽然,传来了狗吠声,一阵紧似一阵,夹杂着杂乱的脚步声。李嫂打开窗户看到了几个影子,在自己屋前的老槐树下转悠。老槐树舒枝展叶,郁郁葱葱,直冲云霄,随着微风低吟浅唱。李嫂知道,自从丈夫走了,总有一些男人不怀好意地套近乎。李嫂虽然渴望着,但对这样的男人还是嗤之以鼻,全没有看在眼里。

李嫂"哎"地一声叹息,回到电视机前继续看。剧情向前发展,到了高潮,一对男女紧紧地搂抱着,两张嘴巴不停地吮吸。倏然,男人像一头狮子,猛地抱起女人,放在床上……画面切换成摇曳的树林,汹涌的大海。李嫂激动极了,鼓起的胸脯起伏不定,不由自主地想起了那一幕。

晨曦微露,各家各户的男人义不容辞挑着水桶,三三两两下河挑水了,"咯吱咯吱"晃悠的扁担声,"咯噔咯噔"矫健的脚步声,在村里的角落里荡漾。

李高阳挑着空桶出了自家的后门,正好碰上李嫂。李嫂高挑的身材,大大的眼睛,白净的脸蛋,走起路来娉娉婷婷,整个身子很有活力。李嫂艰难地挑着一桶水,摇摇晃晃地向前走。李高阳迎了上去说:"李嫂,我给你挑回家吧!"

"小叔,不用了,忙你的去吧!"李嫂推辞着,声音喘喘的,脸上涨得通红。

有一次,李高阳挑着一担满满的水来到了李嫂的家,李嫂正在给猪拌食,看着李高阳大汗淋漓,递了一条新毛巾过来,说:"小叔,擦擦汗吧!"说着,感激地看了李高阳一眼。李高阳接过柔软的略带一股馨香的毛巾,盯了李嫂一眼,看得李嫂面红耳赤,连忙低着头拌起猪食来。

"李嫂,我走了。"李高阳擦了汗,感觉舒服多了,笑着对李嫂说。

"不要急,喝口茶吧!"李嫂端了一碗茶,笑嘻嘻地走过来。李高阳接过李嫂的凉茶,"咕咚咕咚"一饮而尽,冲着李嫂笑,眼神多了一份内容。

"小叔,你的纽扣掉了,我给你钉上。"李嫂眼尖,连忙回内屋拿了针线。

"李嫂,不麻烦你了,我回家去钉。"李高阳讪笑着。

"你给我挑水,就不允许我给你钉扣子?"李嫂一脸嗔怪,李高阳不好意思了,脱下衣服给了李嫂。李嫂钉着纽扣,不经意回眸看到了李高阳健硕的身躯,不禁羞赧起来。

电视里悠扬的歌声响起,拉回了李嫂飘荡游移的心。李嫂又是一个叹息,哎,他怎么无动于衷呢? 又一想,自己是过来人,怎么能与他相配? 李嫂凄然一笑。

"笃笃笃",传来了敲门的声音。"李嫂……李嫂……开开门。"有人瓮声瓮气地喊着。李嫂一惊,厉声问:"谁?"李嫂不敢贸然行事,拉亮了电灯,刹那间,房间亮堂堂的。李嫂探出窗口定睛细看,一个游手好闲之徒。李嫂气不打一处来,癞蛤蟆想吃天鹅肉,休想。李嫂当机立断,舀了一盆水,奋力向窗口泼去。那人尝到闭门羹,灰溜溜地走了。

电视剧结束已经深夜了,家家户户熄了灯,村里黑乎乎的,伸手不见五指。李嫂的瞌睡上来了,想起自己明天要起早,准备睡觉。

李嫂不放心,冥冥中觉得晚上似乎会发生什么,便提高了警惕,想把木棍抵住房门。李嫂到了楼下,拉亮了电灯,打开房门四下张望。蓦然,眼前出现了一个熟悉的人影,靠在屋前的一棵老槐树下。

李嫂来了气,脸色阴沉了,一声吆喝:"李高阳,你要干什么? 鬼鬼祟祟的,真不像个男子汉!"

李高阳被惊醒了,揉着蒙眬的眼,尴尬地说:"李嫂,别误会,我怕有人欺负你,给你站岗呢!"

李嫂一听,出乎意料,心被揪住了,目瞪口呆地看着李高阳,听着老槐树在风中的呢喃,泪水夺眶而出,打开的门却没有力气关上。

冬 泳

立宏喜欢散步,一年四季持之以恒,从不间断,经常在村前那条百里长河边走,来来去去好几回。这里安静,空气好,视野开阔,风景优美。

那条河宽阔、清澈,笔直地向前延伸,碧水荡漾,鱼儿欢跃。河两岸杨柳依依,芳草萋萋。河上有一座石拱桥,桥栏上刻有图案,形态各异,古朴典雅。每次出来散步,立宏都会在桥上小坐,抽支烟,呼吸呼吸清新的空气,看看生机勃勃的自然风光,心旷神怡,精神抖擞。

今天晚上,一股冷空气骤然降临,气温下降了十几度,寒风裹着树叶满天飞舞,吹在脸上有了刀割的生疼。

立宏吃了饭,披上棉衣,毫不犹豫地出去散步了。母亲说:"晚上天气冷,不要太久,早点回来。"立宏答应着,迈开步子向外走去。

立宏悠闲地踱着步,轻轻地哼着小曲,兴致盎然。忽然,立宏看见桥头上站着一位姑娘,身材修长,长得很漂亮,出神地看着清澈的水,仿佛有着什么心事。

立宏感到奇怪,这个姑娘很陌生,哪里来的? 怎么一人在桥上? 难道是……立宏想起报纸上有关跳河自杀的报道,就多了个心眼。

立宏偷偷地观察,没发现姑娘有异常的举动,却见姑娘沿着河岸小跑起来。立宏心里的石头落了地,姑娘也是来锻炼呢! 姑娘的眼力不错,找到了好地方。他心里释然,依然一边走,一边看,自由自在。

立宏转了一圈回到桥边时,天已经黑沉沉了,依稀看见那位姑娘站在桥头上,伸着手,弯着腰,活动着四肢,然后脱下了外面的衣服。立宏疑惑了,心里一惊,姑娘要干什么? 立宏不由得地往前紧赶了几步。

姑娘已经站在桥沿上,立宏吓坏了,呼吸也急促起来,这样的天气跌入水里,不被淹死也会被冻死。立宏的心揪得紧紧的,怦怦地跳个不停,但他不敢喊,怕姑娘受惊吓,出现万一。

就在立宏犹豫的片刻,只见姑娘身子向前倾,纵身一跃。说时迟,那时快,立宏一个箭步冲上去,去拽姑娘的手,可是抓住的却是姑娘的内衣,姑娘"扑通"一声响,扎进水里,像一条游鱼不见了踪影。

不好,要出人命了。立宏心急如焚,顾不得脱下衣服,也跟着姑娘"扑通"一声往下跳,像一块石头掉入了水中,溅起了老高老高的水花,伴随着"姑娘,姑娘"的喊声。

姑娘浮出水面,用手抹了一把脸,隐隐约约看见有人向她游过来,心提到了嗓子眼,不好,有人趁火打劫,自己要遭殃了。姑娘不知所措,在河中央扑腾着。立宏费了九牛二虎之力才游到姑娘身边,一下子把姑娘抱住了,向岸边游去。

"你要流氓,别抱着我!"姑娘尖叫着,愤愤地盯着立宏,身子

049

豆豆香 枣枣甜

不停地挣扎。

立宏呆了，疑惑地瞅着姑娘，说："我要流氓吗？我还以为你要……"立宏的话没有说完，姑娘明白了，心里一阵感动，湿漉漉的脸上倏地浮起两朵红云，俏皮地说："大哥，让你受惊了。过几天，我要参加冬泳比赛呢！"

一次民主测评

我曾经策划过一次民主测评，且自鸣得意。那是在读中专的时候。

初中毕业后，面临着两种选择，一是考高中，再去考大学；二是考中专，毕业后就可以分配工作。对于家境不是很好的学生，报考中专成了首选。我有幸成为一位中专生，很珍惜好不容易得来的学习机会。

报到的那一天，我们只带了一些日常生活用品，身上只有十几元钱。到了学校，生活委员领来了粮票和菜票发给我们，吃的问题就解决了。有些人很节俭，省下嘴里的菜，把剩余的菜票换成现金，作为零用。为此，我们把菜票作为自家之性命，保管得好好的，没有一丝懈怠。

一个寝室，住着八位同学，来自不同的地方，我是寝室长，彼此相处得很好。大家除了上课、晚自习，课余时间就去打篮球或者去阅览室。

和睦相处了一个月，意外的事情发生了。

一天中午，我们几个同学相约去吃饭，一个同学发现自己裤袋里的菜票不翼而飞。看着他焦急的样子，我百般安慰，说："想想是否放在别的地方了。"我们东找西翻，就是找不到菜票。"也许是他自己不小心，弄丢了吧。"我想。丢失菜票的事我们也没有放在心上。饭总得要吃，我只好拿出二元的菜票送给他。

一波未平，一波又起，大概过了几个星期，另一个同学的菜票也不见了，怎么也找不到。更蹊跷的是，过一段时间，总会发生同学丢失菜票的事，搞得人心惶惶。

一个寝室总共八位同学，丢失菜票的就有四五个。这是怎么回事？莫非有小偷？我多了一个心眼，几个晚上假装睡觉，观察是谁偷了菜票。

一个晚上，我在迷迷糊糊的时候，发觉我的旁边有窸窸窣窣的响动，睁眼一看，朦胧的月光下，一个名叫王子涵的同学正在掏我的衣兜，手里拿着我的几张菜票。没想到偷菜票的竟是自己的同学。

我又气又恨，正想喊捉小偷，最后还是被自己的理智控制住了。要是真相大白，王子涵的脸往哪儿搁？

何况，王子涵跟我交情不错，人长得瘦小，但很机灵，学习成绩也好。在老师和同学的眼里，他是个品学兼优的学生。

我不愿揭王子涵的短，但又不能任他堕落。我苦思冥想，终于想出了一个办法。

这是一个周六的晚上，按照学校规定不需要晚自习。吃过晚饭，我召集七位同学开了一个会议。

我说："我们相处近一个学期了，大家比较了解，我们民主测评，看看谁是好学生。"

那时没有什么丰富的娱乐生活，我一提议，同学们觉得很好玩，纷纷表示赞同，只有王子涵疑惑地看了看我，又看了看大家。

我把发给大家的纸条收上来,一看,五位同学填写了王子涵,三位同学填写的是我。

我说:"少数服从多数,测评有效,王子涵是一位好学生。"

同学们拍手叫好,只有王子涵的脸色变了,茫然地东瞅瞅西望望,然后窘迫地低着头,一声不吭。

这一招真有效,寝室里再也没有发生菜票丢失的事,相安无事地直到学期结束。为此,我沾沾自喜。

第二学期开学,我们七位同学都按时回到了学校,唯独王子涵没有来,过了几天也没见到王子涵的身影。

我去问班主任王子涵怎么还不来。班主任告诉我:"王子涵休学了,这学期来不了。"

后来事实证明,王子涵休学是假,他辍学了。于是,我难过了好一阵子。从此我跟王子涵失去了联系。

工作十年后,王子涵找到了我,让我喜出望外。我不知道他怎么找上我的。此时的王子涵已经是一位老板了。

王子涵对我说:"虽然我们相处的时间不长,毕竟是同学一场。你约上同寝室的几位,我们好好聚一聚,我做东。"

我连忙答应:"好,好。"

我转而问:"你当时怎么辍学了?"

王子涵说:"我父亲病重,母亲瘫痪在床,我要照顾他们。最主要的是因为你。"

我愕然,问:"此话怎讲?"

"你不是召集大家进行民主测评吗? 表面上你是提醒我,给我面子,其实你把我赤条条展现在大家面前,比钢针刺我的心还要疼。我恨死你了。我知道你看到我掏你的菜票。"沉吟了片刻,王子涵接着说,"你为什么不直接指出我的缺点呢? 我们是好朋友啊！当时……我是万般无奈,走上了邪路。"

王子涵眼圈红红的,我听得目瞪口呆,百感交集,无言以对。

我多方联系,召集了同寝室同学聚了一次餐。结束后,我悄悄拉过王子涵说:"钱我付了,算是对你赔礼道歉。"

王子涵紧紧地抱住我,哭了,哭得稀里哗啦的。

一巴掌

新年的气氛在陆陆续续的鞭炮声中酝酿,小城张灯结彩,红红火火,洋溢着浓浓的喜庆。街上人山人海,脚步匆匆,向着公交车一拥而上。

上来一拨人,车厢里满满当当,挤压得空气似乎都要爆炸。一个小伙子使劲挤上来,僵直地立着,半眯着眼,显得一丝慵懒。

公交车在闹市区像乌龟爬行,开动了一程,"吱"的一声,一个急刹车,人们站立不稳,东倒西歪地撞在一起。蓦然,小伙子觉得身子有点异样,回头一瞧,一个穿着时尚的姑娘,冲着他眉开眼笑。小伙子愣了一下便咧开嘴,回了一个灿烂的笑容,站稳了身子,眼睛向窗外望去,似乎什么也没有发生。

车子向终点站行驶,下去一拨人,又上来一拨人,车厢里乱哄哄的,散发着一股刺鼻的异味。忽然,姑娘愤愤地盯了小伙子一眼,拉长脸一声尖叫:"抓流氓啊!"话音刚落,"啪"的一声脆响,一巴掌打在小伙子的脸上。小伙子脸上一阵麻,惊愕地看着姑娘,紧抿着嘴一言不发。姑娘出其不意的举动,把人们惊得目瞪口呆,吸引了一道道疑惑的目光。

"出什么事了?"有人条件发射地问。

姑娘涨红了脸,怒不可遏,指着小伙子的鼻子吼:"他耍流氓。"

"光天化日之下,竟敢色胆包天。"

"看起来相貌堂堂,文文静静,怎么这样下流、龌龊?"

"真是世风日下啊!"

有人摇头,有人叹息,有人鄙夷。车厢里熙熙攘攘,人们义愤填膺,一张张怒容冲向小伙子。

姑娘趾高气扬,昂着头,嘴角一咧,露出轻蔑的微笑;小伙子瞟了一眼姑娘,摸了摸脸,默然不语,忍受着旅客的辱骂。

公交车忸怩着向前行驶,到了一个站点。车子还没有停稳,姑娘像一条泥鳅,灵活地下了车,头也不回,向前急匆匆地走去。小伙子盯着姑娘,疾步地走下车,豹一样向前冲去。

小伙子在人群里急切地穿梭,一个箭步冲到姑娘面前,铁塔似地拦住了她的去路。

"姑娘,你还认识我吗?"小伙子忽闪着明亮的眼睛,笑容可掬地说。

姑娘一看,大惊失色,竖眉瞪眼地吼:"你想干什么?"

"我想完璧归赵。"小伙子慢条斯理地说,视线向姑娘逼视过来。

姑娘手忙脚乱地打开手提包,拿出一个厚厚的信封展开,里面是一叠点钞纸,再一检查,脸刷地白了,自己的钱包不翼而飞。

小伙子递过钱包,微笑着说:"你看看,这个是不是你的?"

"你干……什么的?"姑娘接过一看,吓得筛糠似的,话也说不成句,惊慌失措。

"以前我跟你一样。现在我不干了。我是反扒队员。"小伙子不卑不亢,话语中透出凛然。

"大哥,你高抬贵手,放我一马吧!我是有眼不识泰山。"姑娘的气一下子瘪了,耷拉着脑袋,脸上像一个调色板,全没了刚才的嚣张。

"我已经放你一马了。"小伙子调侃道,"你的力气还真大呢!要想人不知,除非己莫为。"

"我该死,我不是人。"姑娘连连求饶,转而惊讶地问,"你刚才怎么一声不吭?"

"看你年纪轻轻,人长得那么美,我不愿让你出丑,自毁前程。给人一条生路,委屈一下自己又有何妨?放下屠刀,立地成佛。"小伙子情真意切地说。姑娘的心被蜇了一下,鼻子一酸,泪眼汪汪。

"大哥,谢谢你。"姑娘给小伙子一个鞠躬,深情地看着他。小伙子扶起姑娘,有神的眼睛更加明亮了,语重心长地说:"痛改前非,还是一个好人呢!"

"大哥,你的脸还疼吗?怪我鬼迷心窍了。"姑娘声音轻轻的,听起来很悦耳。

"痛。痛在心里呢!"小伙子调皮地一笑,说,"现在不痛了。"姑娘羞涩地低下头,扭动着衣角,脸红彤彤的,像一朵艳丽的花。

"大哥,我走了,我们还会再见面吗?"半晌,姑娘迸出了一句话,依依不舍。

"会的。希望不是像刚才发生那种事的时候。"小伙子乐呵呵地说,看着她远去的背影,笑容在俊朗的脸上绽放。

后来,有人在闹市区看到姑娘和小伙子并肩而走,有说有笑。姑娘花枝招展,青春亮丽,娇媚的双眼不时地四下逡巡。小伙子左右凝视,眼神闪烁着睿智的光芒。

第二辑

爱海潮涌

杜巧丽

漳浦镇有个四方街,四方街有条柳花巷,柳花巷里有座醉春楼,醉春楼有位杜巧丽。

因为杜巧丽,名不见经传的醉春楼声名鹊起,官宦巨商纷至沓来,门庭若市。

一入夜,醉春楼红灯高挂,灯火辉煌。有权有势的人争相往醉春楼里钻,置别的妖冶女人于不顾,专找杜巧丽,陶醉在鸳鸯谷里,乐得逍遥自在。

到过醉春楼的人得意忘形地说:"不见杜巧丽就不知世上有美女,枉来人世一遭,那个滋味没得说了,怎一个销魂了得。"

天生丽质的杜巧丽,在夜里强颜欢笑,周旋于形形色色的人,白天抚弄琴弦,一曲曲,一声声,如泣如诉,让人肝肠寸断。

那一天,来了一位书生郭川佟,愁眉紧锁,失魂落魄地喝着闷酒,猛地传来了大珠小珠落玉盘的琴声。郭川佟惊愕得侧耳倾听,思量之,没想到风尘之处竟有如此出色的操琴人。

郭川佟唤来老鸨问:"何人在此弹琴?"

老鸨忸怩作态,笑嘻嘻地说:"公子不知道吗?那是杜巧丽,一位绝世佳人,多才多艺。"

"可否带我一睹芳容?"郭川佟说。

"公子跟我来。"老鸨绽开一脸菊花,迈着碎步,一步一扭地在前面引路。

郭川佟来到了杜巧丽的闺房窗口,掀开窗帘张望。不看不知道,一看,郭川佟的眼睛发直了,似乎在做梦。这不是仙女吗?唇红齿白,柳眉杏眼,凝脂般的肌肤,纤纤玉指,白衣素裙,端庄雅静,如凌波仙子,风情万种。郭川佟只有喘气,一时忘却身在何处。

一阵高山流水的琴声过后,一声凄厉的震颤,琴弦断了。杜巧丽柳眉紧蹙,哀怨地缓缓起立,抬头一看,窗口站着一位公子,身穿长衫,眉清目秀,文质彬彬,读书人模样。

"公子,奴家失礼了。"杜巧丽见客人光顾,一鞠躬,朱唇轻启,一个云雀般的声音。

"免礼。"郭川佟愣怔一会才反应过来,说,"我是来听你弹琴的。"说着一作揖,告辞而去。杜巧丽痴痴地看着郭川佟颀长的身影消失了。

日后,郭川佟经常上醉春楼,一边独自斟酒,一边听着杜巧丽弹琴,自得其乐。

到醉春楼的不是好色之徒就是纨绔子弟,郭川佟知书达理,从没有非分之想。他的另类表现,引起了杜巧丽的注意。一来二去,杜巧丽对郭川佟有了好感。

一晚,月光无瑕,星辉灿烂。客人都已散去,郭川佟依然一人坐着。杜巧丽款款而来,问:"公子,为何一人独坐?"

"何以解忧,唯有杜康。"郭川佟低沉地说。

"遇上烦心事了?"杜巧丽轻声细语地问。

"说来话长……"郭川佟一声叹息,脸色阴沉,看着杜巧丽出神。

原来郭川佟几次殿试不中,自感前程渺茫,心灰意冷,百无聊赖地在此打发时光。

"小姐，你怎么来了这里？可惜了。"郭川佟忍不住好奇地问。

这一问不打紧，一问杜巧丽的泪水扑簌簌地落下，泪光闪闪。谁能知晓，杜巧丽原是官宦千金，只因衙门乌烟瘴气，钩心斗角，父亲被奸臣陷害，命丧黄泉，家门衰败，无奈落入风尘，聊以度日。

一个风尘女子，一个落寞书生，吟诗抚琴，几次下来，惺惺相惜，有了共同话语，无话不谈。

杜巧丽惋惜地说："公子，大丈夫能屈能伸，怎经不起挫折，萎靡不振？"

一语惊醒梦中人，郭川佟心里一激灵，盯着杜巧丽，懊悔不已，一个堂堂男子，怎能被女子取笑，妄自菲薄？郭川佟呼地站起，铿锵有声："小姐，倘若我没有出头之日就不来见你。"说完豪壮地转身而去。

"公子……"杜巧丽话未尽，泪水已经盈满了眼眶。

郭川佟没来醉春楼了，杜巧丽见不着郭川佟，丢了魂一样，病恹恹地打不起精神。夜里，杜巧丽依然周旋于客人，白天一门心思放在弹琴上，凄凄惨惨的琴声，倾诉着对郭川佟的思念，听了让人毛骨悚然。

一日又一日，杜巧丽望眼欲穿，心底呼唤着，郭公子，你好吗？什么时候来见我？

春去秋来，花开花落。过了几年，郭川佟寒窗苦读，功夫不负有心人，终于金榜题名，功成名就，荣归故里。

一日，阳光朗朗，郭川佟骑着高头大马，威风凛凛地来到了醉春楼，四下打探，却不见杜巧丽。

老鸨好生奇怪，自言自语："怎么说不见就不见了呢？昨晚都在啊！"

郭川佟见不着杜巧丽,一腔愁绪从心底涌出,伤心地吟哦起来:

柳花巷深,难觅芳踪,伊人已去,琴楼何处?

几度日暮,琴音绕梁,一片幽情,与谁共鸣?

郭川佟三步一回头,看着亮堂的醉春楼,迎着暮色惆怅地策马而去。

杜巧丽躲在街口的一个角落,泪眼蒙眬,看着郭川佟远去的身影,轻声呼唤:"郭公子……郭公子……"眼前一阵恍惚。

马蹄声碎,尘土飞扬,天地一片混沌。

从此,醉春楼再也见不到杜巧丽。

轮椅上的爱

兰香要嫁给石伢的消息一传出,乡亲们都惊呆了,兰香是村里出了名的美人,而石伢家里穷得叮当响。

好姐妹讥笑道:"兰香,你真傻,怎么嫁给石伢? 一朵鲜花插在牛粪上,可惜了。"

"俺愿意。"兰香毫不犹豫地说,甩了一下辫子,头也不抬就走了。

没有彩车,没有婚纱,办了简单的酒席,兰香进了石伢的家。石伢眼含热泪说:"兰香,我不是在做梦吧!"

"你傻,我不是在你的面前吗? 摸摸。"兰香笑吟吟地说。

石伢摸着兰香,从上摸到下,猛地把兰香抱在怀里,梦呓一般:"兰香,我……我……"石伢竟呜呜地哭出声来。

兰香像小猫一般温柔,倚在石伢的怀里,由着石伢搂,任着石伢摸,泪水在脸颊上滑落,嘴上却挂着笑。

白天,石伢忙着上山砍柴,一捆捆的柴挑下山来运到集市上去卖。兰香养些鸡鸭换零钱。夜里,石伢和兰香坐在床头,喁喁细语,亲亲热热。

"石伢,别累着,来日方长呢!"兰香靠在石伢的肩头,轻声柔语。

"我有力气,不怕。睡一觉,力气就回来了。"石伢抚摸兰香的手,说得很肯定。

"兰香,我想出去打工呢!"石伢瞅着兰香,征询道。

"在家不是挺好吗?"兰香不置可否地看着石伢。

"这样下去,日子什么时候才有出头啊? 我不忍心让你受苦呢!"石伢说。在山旮旯儿,土地贫瘠,在石头缝里刨食吃。兰香想想也是,便不阻止了。

过了年,石伢就要跟大伙出去了。石伢说:"兰香,你一人在家要照顾好自己啊!"兰香眼睛发红,叮咛道:"别把身体累坏了。"石伢点着头,理了理兰香的刘海,卷了铺盖,依依不舍地走了。

兰香直直地站着,挥着手,直到看不见石伢的身影。

出去的石伢一无文化二无技术,只好在一个工地干些粗重活,挣点小钱,过几个月就给兰香寄钱。

在工地干活很累,石伢年轻力壮,挺着过去了。到了夜里,石伢显得寂寞,就想起了兰香,想着想着,石伢便迷迷糊糊进入了梦乡,好几次在梦中笑醒了。

日子难过日日过,又是到了过年的日子。伙计们都准备回家了,石伢想,一年不见了,兰香在家里怎么样? 想起家里的兰香,石伢归心似箭。可是他不能,来来回回的盘缠需要好几百呢! 再说工期紧,老板说:"谁留下来干活,工资增加一倍。"这个诱惑力实在太大了。石伢没有回家,留下来继续在工地干活。

石伢一去就是两年。石伢来信说,今年春节回家。于是,兰香天天在村口张望,一天又一天,出去打工的村民都回来过年了,却不见石伢的影子。

兰香很失落,心里想,是否工作忙脱不开身? 两年了啊,哪怕再忙也得回家看看呢! 咱老百姓一年忙到头,不就是在过年盼一家团圆吗?

那一天,兰香在村口等候,太阳懒洋洋地下山了,夜幕开始降临。

"兰香,兰香。"忽然传来了一阵惊叫。

"怎么了?"兰香惊讶地问。

"不好了。城里来电话,说石伢摔下来了。"那人上气不接下气地说。

兰香心里一阵哆嗦,眼前一黑,天旋地转一般。等到兰香赶到城里,见到的是躺在病床上的石伢,微闭着眼睛。

兰香俯下身子,轻声呼唤:"石伢啊,你怎么了? 你说话啊!"石伢睁开眼睛,见是兰香,挣扎着想爬起来,一阵钻心的痛,只好躺下了。

石伢拉着兰香的手,喘着气,艰难地说:"兰香,我对不住你,没有让你过上好日子。我的腿断了,以后的日子更艰难了。"石伢说着,一滴泪水滴落下来。兰香眼含泪水,使劲地摇着头,掀开被子,看到石伢的一只裤管空荡荡的。

兰香抽噎着问工友:"这是怎么一回事?"

工友说:"是意外事故。本来是可以避免的,老板急着赶活,说再坚持一小时,谁去做另加二百元。石伢说,二百元就可以给媳妇买套像样的衣服了。说着就毫不犹豫地上去了,一会儿就从升降机上摔下来。"

兰香伏在石伢的身上,喃喃自语:"石伢,你不该……"便泣不成声了。

迎新的鞭炮稀稀拉拉地响了好几天,年味越来越浓。石伢坐在轮椅上,兰香穿着石伢买来的新衣服,漂漂亮亮的,慢慢地推着车,两个人有说有笑。

乡亲们看着这夫妻俩,感慨道:"都是好人啊!"

炒出来的爱情

说起炒股,徐讯眉飞色舞。怎不叫他心花怒放呢?进入股市只有几个月,他轻轻松松地赚了好几万,淘了第一桶金,比自己辛辛苦苦干一年的工资还要高。

人逢喜事精神爽,空闲的日子里,徐讯谈论的话题都是炒股。他的眼前仿佛都是飘来飘去的人民币。

徐讯以前不炒股,他常说:"股市有风险,不是我们普通老百姓玩的。"三十年河东,四十年河西,谁也猜不到,徐讯竟然对炒股入了迷。

说起徐讯炒股,还有不同寻常的原因呢!

徐讯是个美男子,身材魁梧,浓眉大眼,很阳光的那种。一表人才的徐讯却没有处上对象,认识他的人都扼腕叹息。

好友为徐讯着急,多次催促他该上心了。可是徐讯水浇鸭背——充耳不闻。有谁知道徐讯内心的秘密呢?因为徐讯的心里早已有个她。

她就是莉莉,一个漂漂亮亮的姑娘,身材修长,皮肤白皙,那双明亮的大眼睛流光溢彩,似乎会说话,看得徐讯魂不守舍,做事老犯错。徐讯几次旁敲侧击,莉莉无动于衷,让徐讯夜夜做春梦。

莉莉曾经说:"处对象一看外貌,二看钱财,两者都不能少。"真相大白了,莉莉嫌徐讯不富裕。

怎么才能打动莉莉的芳心呢?徐讯苦思冥想,也没有想出个所以然,暗暗干着急。

那一天,同事们说起了炒股,说者无意,听者有心,莉莉不动声色地听着大伙说,精神专注,神采飞扬。徐讯进来了,看着莉莉全神贯注的样子,心里明白了八九分,计上心来。

此后,一有人提起炒股,徐讯便说得滔滔不绝,像个久经考验的炒股高手,股市行情说得透彻而明白,惹得同事五体投地,喊他高手。徐讯也不谦虚,以炒股高手自居。

徐讯大谈炒股经验,感染了所有的同事,大家津津有味地听着徐讯高谈阔论。有人问:"徐讯,你发了吧?"

徐讯不避讳,客气道:"几个小钱吧。"说话的徐讯得意忘形,一脸的自豪。

"你要请客。"有人附和。

徐讯也豪爽,满口答应:"晚上就到大酒店撮一顿。"

同事们乐坏了,个个像是充足了气的篮球,精神倍增,欢呼雀跃地说:"够朋友,够朋友。"

徐讯炒股赚了钱,消息不胫而走,说他是炒股高手,名气就大了。同事纷纷拜他为师,徐讯也不推辞,有求必应。几天下来,同事们也赚了。

莉莉忍不住了,一改以往的高傲,殷勤地对徐讯说:"徐大哥,能否帮我也赚一些小钱,改善一下生活?"

徐讯直点头,拍着胸脯说:"没问题,保证让你赚。"看着徐讯信誓旦旦的样子,莉莉的笑容灿烂了,温情脉脉地瞟了他一眼。

有空的时候,徐讯就跟莉莉探讨炒股的经验。徐讯高深莫测的话语听得莉莉一个劲儿点头,对徐讯刮目相看了。

又是几个月过去了,莉莉炒股赚了钱,身上的衣装很新潮,越发妩媚动人,看得徐讯心里直痒痒。

旗开得胜,莉莉兴奋不已,围着徐讯"徐大哥徐大哥"地叫得欢。

日久生情,接触下来,莉莉离不开徐讯了,更恰当地说,是离开了徐讯,莉莉对炒股无所适从。

徐讯笑微微地说:"莉莉,你跟我炒股也赚钱了,怎么报答我?"

莉莉的眼睛火辣辣的,冲着他直眨眼,说:"你想我怎么报答就怎么报答。"

徐讯呵呵笑,摸着脑袋不知道怎么说。他心里明白,自己的愿望就要实现了。

这几天,徐讯故意远离莉莉,急得莉莉直跺脚,因为莉莉遇到了麻烦,股市大盘震荡,股票一会儿涨一会儿跌,让莉莉整日提心吊胆,寝食不安。

她只好求助于徐讯,让徐讯指点迷津。

徐讯一指点,莉莉的股票顷刻转危为安,她买的几个股又开始上涨了。莉莉乐开了怀,更信服徐讯了,夸他是有才有貌的大能人。

久而久之，莉莉对徐讯有了好感。一对年轻男女，经常聚在一起，不发生一点事那就不正常了。莉莉跟徐讯恋上了。

过了一年，莉莉跟徐讯结婚了。结婚后莉莉从没有看见徐讯炒股，心里十分纳闷。

莉莉说："徐讯，怎么不见你炒股?"

徐讯哈哈笑，前仰后合地朗声道："我炒到了一个永久股。"莉莉听着莫名其妙，一个劲儿问："你是什么意思?"

徐讯大言不惭地说："我炒股炒到了个大美人，实现了愿望，还炒什么股?"

莉莉一思考，恍然大悟，笑吟吟地说："油腔滑调，你怕赚钱多了，钱要发霉?"

"我没有钱，也没有炒股。"徐讯漫不经心地说。

"你怎么对炒股兴趣盎然，而且说得很准确?"莉莉大感不解。

"我看了一些书，只是运气好，歪打正着而已。"徐讯坦白交代了。

"你这个伪君子，居心不良。"莉莉嗔怪道，一双粉嫩小手敲着徐讯宽阔的肩头。

"我劝你不要再炒股了，股市有风险，到时，你的股票被套牢了，我们的爱情就泡汤了。"徐讯娓娓道来，听得莉莉一惊一乍的："你这个老谋深算的家伙。"

玫瑰的爱情

刚开张不久的一家花店里,被馥郁的玫瑰花的芬芳所包围,今天是情人节,前来购买的人络绎不绝,门庭若市。

花店的主人是一位长得很清秀的姑娘,个子高挑,细皮嫩肉,戴着一副精致的眼镜,温文尔雅。花店里花的种类不少,品质也好,又地处闹市,生意很红火。姑娘笑容可掬地张罗,虽然春寒料峭,细密的汗珠还是从她白皙的脸上淌下来。不多时,艳丽的玫瑰花只剩下几枝了,摆在花架上,那么的醒目。她要把玫瑰花留下来,送给一位少妇——自己原来花店的房东。

少妇脚有残疾,是一次意外事故落下的。丈夫嫌她身体不健全,抛开她娶了一位很妖冶的坐台小姐,过起了浪漫的日子。在情人节的夜晚,一个孑然一身的少妇,心里是多么的凄惨、孤寂。姑娘要把玫瑰花送去,让芬芳的玫瑰花陪着她走过寂寞。

夜色渐浓,购买花朵的人逐渐稀少,花店又恢复了平静。她整理着花店准备关门,停止营业,好送花给少妇。正在这时,一位得体而优雅的青年男子急匆匆地赶来了,呼哧呼哧地喘着粗气,一副急不可待的神情。

“姑娘,我要买……鲜花。”青年男子由于焦急,说话断断续续的,急切的心情溢于言表。

“你来迟了,鲜花全卖完了,不好意思。到别的花店去看看吧!”她摇着头,和颜悦色地答道,脸上露出一丝歉意。

"我跑了好几家了,都卖光了。"青年男子喃喃自语,脸上写满了失望,发出轻微的叹息。男子欲转身离去,突然发现了花架上的几枝玫瑰花,眼睛放光了。

"姑娘,你的花架上不是还有几枝玫瑰花吗?怎么不卖?"青年男子有些疑惑地看着,也许是喜出望外,声音也高了八度。

"不瞒你说,这几枝玫瑰花我自己要用的,想送给人家。"姑娘轻声细语地解释着,脸上露出微笑。

"卖给我一枝行吗?我有急用。"青年男子恳求着,诚心诚意的样子。姑娘见他如此迫切,左右为难了。

"你有急用,为什么不早点买呢?"姑娘狐疑地打量着,忍不住说。

"我是业务员,三天两头在外面,很少照顾她,我刚出差回来,今天是情人节,我想送鲜花给她,表表我的心意。"青年男子说话的当儿也有了愧疚的表情。姑娘明白了,情人节的每一朵花,都包含着一个至爱的故事。

"就只有这几枝玫瑰花了,我们平分吧!"姑娘一边说着一边抽出玫瑰花递给青年男子。青年男子掏钱付款,却被姑娘制止了,说:"送给你了,祝你情人节快乐。"

青年男子接过红艳艳的玫瑰花,激动地看了姑娘一眼,说了声"谢谢"转身急急地离去。姑娘关了店门,心急火燎地跨上车子,向少妇家奔去。

姑娘敲开了少妇的家门,眼前一亮,客厅里插着几枝艳丽的玫瑰花,一个青年男子正在不停地忙碌着。哪里来的男子?姑娘暗自嘀咕,仔细一瞧,不由得惊愕了。这个青年男子就是刚才到她花店买花的那个。青年男子也认出她来了,愣住了。

"是你!?"

"是你!?"

两个青年男女同时发出了一个声音。

少妇听到两个人的说话声,疑惑了,看了看青年男子,又看了看姑娘,奇怪地问:"你们认识?"两个年轻人不约而同地点着头。

少妇高兴得眉开眼笑,脸上充满了生机。少妇指着青年男子说:"他一有空就来帮我收拾房间,每年的情人节都会送我一束鲜花。"

青年男子露出羞赧之色,对姑娘说:"大姐的腿是为了救我而致残的,如果没有大姐舍命相救,恐怕今天就见不到你了。"青年男子说完,感激地看着少妇。

姑娘听了,什么都明白了。她把自己手中的玫瑰花插进花瓶里,客厅里的一束玫瑰花绽放出艳丽、迷人的色彩,耀人眼目。

一番交谈后,青年男子和姑娘双双告辞了少妇。

路上,两人一言不发,静静地向前走着。姑娘害羞地看着青年男子,含情脉脉;青年男子深情地看着姑娘,激情洋溢。柔和的灯光投下了两个年轻人并行的身影,显得很温馨。

爱喝咖啡的男人

女人二十有五,人长得很标致,正在谈恋爱。她爱的那个男人很魁梧、很英俊,年龄不相上下,外人见了都会说,这一对很般配。

男人最喜欢喝咖啡。女人说爱喝咖啡的男人最懂得情调。

于是,两人经常光顾咖啡屋,在朦胧的灯光下,听着舒缓的小夜曲,面对面地坐着对视,眼神传递着爱的火花,让放在面前咖啡浓郁的香味在室内弥漫,脸上洋溢着温情。此时,男人都会把氛围调得恰到好处,让女人欲罢不能,脸上总是红扑扑的,百般娇媚。

男人除了讲课,还要到校外揽活,忙得喘不过气来。男人尽管忙也要忙里偷闲,带着女人去喝咖啡。女人很幸福,很满足,自己寻寻觅觅终于找到了如意的心上人。因此,女人每天都是喜笑颜开,小曲悠扬,脚步轻快,仿佛天天都有喜事。

男人忙了,吃饭就是一个问题,女人说:"这是小事,你过来,我给你烧。"男人听了很感动,抱着女人在屋子里转了一圈又一圈。以后,女人都把饭菜准备好,等着男人来。男人一来,先是温存一番,然后有滋有味地吃起女人做的香喷喷的饭菜。

一个盛夏的傍晚,男人来了,穿着天蓝色衬衫,敞开领口,健硕的身影很威猛。男人的突然到来,让女人出乎意外,女人记得男人说过,近几天要外出。女人毫无准备,衣服穿得有些寒碜,很是尴尬。男人说:"我肚子饿了,有吃的吗?"女人说:"晚饭还没做呢。"邻居一个读大学的小姑娘正在,小姑娘每次放暑假都会在女人家玩的。小姑娘很美,就像一朵出水芙蓉。女人对小姑娘说:"你先跟他去附近街上的饭馆吃,我随后就到。"小姑娘点了头,伴着男人出去了。

女人翻箱倒柜挑了一条裙子穿上,又到卫生间在脸上涂抹了一下,对着镜子左右照,觉得自己很体面,才拿着包,喜气洋洋地出去了。

她走了整整一条街,进出了附近的所有饭馆,也不见他们的影子。他们到哪里去了呢?女人想着,心中有了几分失落。

女人心不在焉地吃了便饭,天色已经朦胧,街灯骤然亮起,女人只好回家。女人心事重重地路过一个公园,刹那间,便听到有泼水的声音和小姑娘清脆的笑声。那声音很熟悉,很动听。她不由得往前走去,一瞧,身子僵住了,正是邻居家的小姑娘和自己的心上人,在兴致勃勃地玩泼水的游戏。

小姑娘的裙裾湿漉漉的,头发上满是水珠,在灯光下亮晶晶的。男人双臂交叉,环抱在胸前,带着一种无限遐想的神情,站在旁边死死地盯着小姑娘。

女人的身子颤了一下,又牢牢地站在原地。她抿紧的嘴里涌动着说不出的滋味。女人咬住了嘴唇,有了窒息的感觉。

女人猛地转过身,默默地回到家。家里只有一人,显得有些冷清,女人坐在椅子上,看着墙壁发愣。

男人照旧会到女人家吃饭,也会带着女人去咖啡屋喝咖啡,不过次数越来越少了。邻家的小姑娘也会隔三岔五到女人家玩。男人碰上了小姑娘,眼睛就会不由自主地瞟去,灼灼有神,闪闪发光。小姑娘显得害羞,目光有了异样。女人看在眼里,不言不语,被爱渲染的心,突然间有了刺痛的感觉。

那一晚,街上的霓虹灯闪烁着迷人的光彩,女人独自一人,漫无目的地走着,不知不觉地来到了自己经常光顾的咖啡屋。不经意间,女人发现咖啡屋里有两个熟悉的身影,她的心上人和邻居的小姑娘,映着柔和的粉红色灯光,恣意地有说有笑,脸色生动,富有激情。面前的咖啡杯袅娜地升腾着缕缕热气。女人看着,不禁低下头去,打了个寒战。女人不知道怎样回的家,扑倒在床上抽泣,让泪水浸湿了枕巾。

此后,女人的房内见不到英俊魁梧的男人了,也见不到天真活泼的小姑娘了。女人百无聊赖去咖啡屋小坐,拿着一杯咖啡品茗,眼神有了凄凉,有了迷茫。

以后的一段日子里,女人没有去过咖啡屋了,再也不说会喝咖啡的男人有情调的话了。

一年之后,女人走上了婚姻的红地毯。新郎既不高大也不英俊,却很温和。靠在新郎旁边的女人显得很年轻,笑得很灿烂,像朵花儿似的。

爱的实验

黄昏的都市流光溢彩,流动着温馨的柔情,一盏盏路灯调和出朦胧的光晕,渲染着情感的骚动。孟昭芙和赵艺璇含情脉脉地走着,谁也不说话,偶尔对视一眼,表情便生动丰富起来。他们相恋好长时间了,像晚上这样相挨着走还是第一次。

赵艺璇身材纤巧,瀑布似的秀发迎着微风显得飘逸,头上夹着一只精致的蝴蝶结,似飞舞的彩蝶。赵艺璇身上散发出的特有的迷人的芳香让孟昭芙陶醉,突然涌上一股莫名的冲动,浑身上下触了电一般。孟昭芙不敢轻举妄动,赵艺璇是那么的冰清玉洁,也怕在赵艺璇的面前毁掉自己的形象。

人声鼎沸的大街总是动荡的,形形色色的事情让你眼花缭乱。孟昭芙和赵艺璇的身影一会儿伸长,一会儿缩短,不停地交替变化。赵艺璇默默地瞅了瞅孟昭芙,清秀的脸上笑容很灿烂。

走了好长时间,大街上的人流逐渐稀少,不像刚才热火朝天了,灯光依然不知疲倦地闪烁着亮光。赵艺璇觉得有点累了,说:"我们到公园坐一会儿吧!"他们便来到公园里僻静的一角,找了一个石凳坐下,目光投向远方。

前面是一个人工湖,湖面并不大,清冽的湖水映着淡淡的月光,泛着粼粼的波纹。湖边,桃红柳绿,芳草萋萋,恬静而雅致。

赵艺璇情不自禁地说:"夜色真美!"

孟昭芙深有感触地说:"嗯,真美!"

"晚上出来逛逛,很舒服。"孟昭芙爽朗地说。

"感觉真的不错呢!"赵艺璇舒心地说。

蓦然,孟昭芙凝神望去,一幅很有情趣的画面在眼眶里定格。湖边的一棵柳树下,一对青年男女紧紧地依偎着,姑娘的手像蛇一样在小伙子的后背游动;小伙子的手托着姑娘的脸,嘴对嘴地胶合在一起,随心所欲地张扬着美妙,仿佛进入了无人之境,那么热烈,那么奔放。于是,孟昭芙就有热血沸腾的感觉,眼神变得迷离起来。

赵艺璇回头朝孟昭芙瞅瞅,目光里闪着火苗。也许她也看见了缠绵的一幕,脸儿羞羞的,红扑扑的嘴宛如红樱桃。孟昭芙的全身开始燥热起来,血液往上涌,有点难以自持,便用力踢了脚下的一颗小石子,咚的一声,小石子飞进湖里,溅起一朵晶莹的水花。

孟昭芙的眼神写着欲望,心脏"咚咚"地敲;赵艺璇的目光藏着期待,心"扑扑"地跳。可是,谁也不愿意迈出一步,僵坐着纹丝不动,大地凝固了似的沉寂。

少顷,孟昭芙长长地缓了口气,鼓起勇气说:"你知道一个实验吗?"

"什么实验? 你说啊!"赵艺璇的兴趣被激发了,眼睛直直地看。

"一只青蛙放在有水的烧杯里,然后在烧杯下面燃烧,你说,青蛙会怎样呢?"

赵艺璇狡黠地一笑,没有回答,眼睛忽闪忽闪的。孟昭芙也粲然一笑,扮了一个鬼脸。

"如果在烧杯下燃烧,使杯子里的水达到一定的温度,再把青蛙放进烧杯里,你说,青蛙又会怎样呢?"

赵艺璇扑哧一笑,发出了声:"你怎么有这么多的问题啊!"

"告诉你吧,那只青蛙肯定会从烧杯里跳出来逃走。"

"不一定。"赵艺璇说得坚定而自信。

"不信? 我们来做个实验吧,看看青蛙到底会怎样?"孟昭芙一本正经地说,呼吸急促起来,眼神扑朔迷离。孟昭芙心里有了准备,也有了最坏的打算,实验的成功与否在此一举。

"怎么实验啊?"赵艺璇显得很好奇,眼睛的光彩淋漓尽致地显现。

"我就是一只滚烫的烧杯,你就是一只活蹦乱跳的青蛙。"孟昭芙说着,喘着粗气,伸出了双臂,眼睛一闭,猛地向赵艺璇拥抱过去。

果然,青蛙没有跳出来。赵艺璇没有躲开,也没有逃走,反而顺势扑进了孟昭芙的怀里,娇羞地窃笑不已,用手连续捶打着孟昭芙宽厚的胸膛,娇嗔道:"你狡猾,你狡猾……"脸上洋溢着妩媚。

孟昭芙兴奋极了,没想到自己的实验轻而易举地成功了。孟昭芙的激情似决堤了的江水倾泻而下,紧紧地搂着赵艺璇袅娜的身体,发疯地亲吻、抚摸,嘴里说:"我怎么不早做这个实验呢?"

全民微阅读系列

荡起幸福的双桨

姑娘坐在船上，握住双桨。小伙子站在岸上，端着一部相机。

远处是黛绿色的山峰，连绵不断；近处是碧波荡漾的湖，湖心有一座小岛，郁郁葱葱，其间矗立着几间房子，飞檐画栋，古色古香，水雾缭绕，恰似一幅水墨画。

姑娘摆好姿势，冲小伙子一笑，煞是好看。小伙子蹲下身子，按动快门，"咔嚓"一声响。

"让我看看。"姑娘兴奋地说着，没有意识到身处的危险，猛地站了起来。小船剧烈地摇晃，幅度越来越大。姑娘失去平衡，一个踉跄，掉落水中，溅起了一朵朵晶莹的水花。

小伙子大惊失色，随手放下相机，奋不顾身地跃入水中。

这是一对萍水相逢的年轻男女，他们是来公园游玩的。

姑娘不会游泳，但喜欢划船，节假日都要来这里玩。她喜欢在水中划船的那种浪漫和刺激。看着周围的景物向后快速倒退，她说不出的喜悦。

今天，姑娘趁着双休日，又来这里游玩了。

姑娘欣赏着美景，一个小伙子从身边走过。姑娘迎上去，笑着对小伙子说："你好，帮我拍张照好吗？"

小伙子一看，姑娘好漂亮啊！他点头答应了。姑娘递过照相机，轻盈地跨进了小船。

初春的日子，乍暖还寒，水刺骨地冷，小伙子划动双臂，向着姑娘游去。姑娘大声呼救,刚张开口,水灌进了嘴里,一声"啊"后,再也发不出声来。

姑娘手脚乱挣,身子一沉一浮,随着水流漂去。小伙子一急,也扑腾着手脚。小伙子也不会游水,手向前伸着,身子渐渐下沉。

幸亏湖水不深,刚没过小伙子的胸膛。小伙子挥动着手,艰难地向前移动,好不容易抱住了姑娘,慢慢地向岸边走来。

姑娘脸色发白,浑身发抖,不停地呕吐。小伙子轻拍他的后背,不停地安慰,扶着她进了附近的公共厕所。

姑娘惊魂未定,大口喘气,感激地看着小伙子。

小伙子说:"我给你买衣服去。"说着,向着不远处的商场跑去。

姑娘换好了衣服,从厕所出来,脸色红润起来,一头秀发像绸缎一般披挂下来。

"大哥。"姑娘深情地看着小伙子,说:"谢谢你的救命之恩。"

"谢我什么?"小伙子忽闪着明亮的眼睛,调侃道。

姑娘嫣然一笑,羞答答的,低下了头。

"大哥,你是本地人?"半晌,姑娘问。

"不。"小伙子说,"我在这里念大学。"

"学什么专业?"姑娘问。

"师大美术系。"小伙子答。

"是校友啊!"姑娘喜出望外,笑着说,"真是巧啊。"

"你也是师大的?"小伙子问,"学什么?"

"声乐系。"姑娘说。

"未来的歌唱家啊!"小伙子说。

"不敢当。"姑娘乜了一眼小伙子,深情款款,说,"你还会来这里吗?"

"会。"小伙子说。

"周末再见。"姑娘向小伙子道了别。

又是一个周末，公园里莺歌燕舞，姑娘和小伙子欢聚在一起。

姑娘说："大哥，能陪我走走吗？"

小伙子说："好啊！"

湖边，柳树抽出了柔嫩的绿芽，柳枝依依，在微风中轻拂。

小伙子和姑娘肩并肩向前走去，悄悄地说着话儿，脸上洋溢着甜蜜的笑。

太阳越升越高，照得人暖洋洋的。湖里划船的人多起来了，游客们悠然地划着双桨，唱着欢乐的歌，来回穿梭。

"大哥。"姑娘看着湖里荡漾着的小船，羡慕地说，"我们去划船吧！"

小伙子诧异地说："你不怕？"

姑娘瞟了一眼小伙子，说："有你在，不怕。"

小伙子和姑娘，租了一条小船，牵着手，欢欣地进入了小船。

小伙子和姑娘并排坐稳，一人摇着一支桨，向着湖心划去，留下弧形的水痕。

小船一漾一漾地向前荡去，快到湖中心了，开始摇晃起来。

姑娘害怕了，喃喃着："怎么会这样？"她紧紧地挽住了小伙子的手臂。

"别怕。我们稳住，千万别动。"小伙子果敢地说。

小船晃了几下，又平稳下来。小伙子看了姑娘一眼，笑；姑娘也看了小伙子一眼，笑。

他们一只手紧紧地握着，另一只手有节奏地摇着桨。姑娘尽情地哼起《让我们荡起双桨》的曲儿，和着桨声，宛如天籁。

白开水的爱情

过了年,春梅三十岁了。在常人的眼里,春梅应该是相夫教子了,事实是春梅还是一位纯洁的姑娘。

俗话说得好,哪个少女不怀春,哪个少年不钟情?何况春梅是个大美人,美得让人惊艳,白净的脸蛋,丹凤眼,个子高挑,人见人爱。春梅不是独身主义者,她没有那么前卫。她也渴望爱情的滋润,只是还没有品尝到爱情的滋味而已。

作为大龄姑娘,春梅没有找到另一半,难免有人说三道四。有人说:"她心比天高,命比纸薄,高不成,低不就,看书看糊涂了。"好友也劝说:"春梅,心眼不要太高了,鲜花也有枯萎的时候,趁着现在还精神,找个人过日子吧!"春梅笑而不语,像一只轻盈的燕子在人们的眼前飞来飞去。

春梅依然跟姐妹嘻嘻哈哈,专心致志地看着自己喜欢的书,看不出一丝忧郁和孤寂,谁也猜不透她的心思。

春节的喜庆还没有消退,充满温馨的情人节翩然而至。春梅从外面回来,已经是夜里十点多钟了。春梅有个习惯,临睡之前都要看一会儿书。可是,春梅捧起书,心情怎么也安定不下来。

晚上是情人节,繁华的城市点燃了骚动的欲望,流光溢彩下,到处是出双入对的人,氤氲在玫瑰花的芳香里。一位好友邀请春梅去喝茶。春梅毫不犹豫地答应了,打扮了一番,直向约定的茶室走去。

包厢里有女的也有男的,都是单身一族。大家叽叽喳喳,无拘无束,悠闲地嗑着瓜子,天马行空地说着东南西北。

服务生进来了,礼貌地问:"各位喝些什么?"

"我要咖啡。"

"我要绿茶。"

"来杯水果汁,鲜榨的。"

大家自告奋勇地说。

"给我一杯白开水吧!"有人说。春梅听着一惊,循声望去,一个小伙子平静地坐着,脸上带着笑。春梅认识小伙子,只是接触不多,彼此不很了解。

好奇怪哦,到茶室还喝白开水,真是第一回。春梅心里一动,不由自主盯了小伙子一眼。小伙子也瞟了她一眼,四目相对,划过一道闪电。

"春梅,你喝什么?"好友问。

"白开水吧。"春梅脱口而出。

"你们两个真是志同道合。"好友看着春梅,指着小伙子说,"喝白开水的。"

说者无意,听者有心。小伙子微微一笑,低下头。春梅脸儿一红,害羞了。

时间不等人,一晃而过。从茶室里出来,小伙子问:"春梅,你怎么回家?"

"我走着回去,当作散步好了。"春梅答。

"这样好,我送你回去。"小伙子说。

春梅没有说话,瞅了一眼小伙子,转身走了。小伙子跟在后面,默默地向前走。

"今晚天色不错。"春梅喃喃自语。

"真的好呢,空气很新鲜。"小伙子随声附和。

这样有一搭没一搭的,春梅和小伙子说着无关痛痒的事,不知不觉到了春梅的家。

"再见了,谢谢你。"春梅莞尔一笑,说。

"没什么,应该的。"小伙子说着,眼神火辣辣的,"我们能再次相见吗?"

春梅点了点头,脸发红,心发慌……

春梅坐在床上,想起刚才的一幕,自己也觉得好笑,多少男人追求过自己,有相貌堂堂的,有腰缠万贯的,都是有头有脸的人物,自己怎么没有一点感觉? 都说,前世姻缘一线牵。可是今天晚上,自己怎么芳心荡漾? 莫非月下老人抛下红丝线了?

那一天,春梅的好友看到春梅很亲昵地跟一位小伙子拉着手散步,很是奇怪。因为小伙子相貌平平,怎么跟天香国色的春梅般配?

好友拉过春梅来到一角,疑惑地问:"你跟他谈上了?"

"是。"春梅也不遮掩,心如止水。

"你怎么跟他谈上了?"好友不可思议地说。在她的心里,春梅花容月貌,小伙子相貌平平,怎能相配?

"他喜欢喝白开水。"春梅的话让好友大出意外。

"白开水跟谈恋爱有什么相干?"好友大惑不解。

"你不是说我们志同道合吗?"春梅调皮地说。好友笑着说:"那是闹着玩呢!"

"我可是真的哦,白开水真的好啊,纯净本色,不含一丝杂质。"春梅一本正经地说。

后来,夜阑人静的时候,人们经常看见春梅亲昵地挽着小伙子的胳膊,春风满面,很幸福的样子。

有人无不遗憾地说:"一朵鲜花插在牛粪上,糟蹋了。"他们怎么知道春梅的内心? 春梅曾经激情飞扬地说:"生活就像白开水,平平淡淡才是真嘛!"

找啊找啊找朋友

他是一个俊朗的青年,身材挺拔,漫步在甬道,深邃的目光似乎在寻找什么。

她是俏丽的姑娘,轻盈高挑,也漫步在甬道,如波的眼神似乎也在寻找什么。

这是一个让人浮想联翩的夜晚。晚风很轻,柔柔的、软软的,让人心旷神怡。月光如银,花草宛如蒙上了轻纱,氤氲着诗意般的情韵。

甬道在花圃苗木间交错延伸,偶尔,他与她擦肩而过,相视一笑,继续向前走去,闲适地运行着自己的轨迹。

每个晚上,他和她都会雷打不动地来到公园,走一走,看一看。在外人看来,他们跟其他游人一样,没有什么不寻常。其实,他和她在寻找各自的幸福。

有一晚,他和她在拱桥上不期而遇。他冲她点点头,微微一笑。她也礼节性地冲他点点头,回馈他一笑。

他定睛一看,心里一颤,多漂亮的姑娘,怎么就一人出来散步?

她深情凝望,眼前一亮,多英俊的小伙子,怎么就一人出来散步?

　　花儿在风中欢笑,月色在水中流淌。他和她却没有任何交流,各自想着心事,踯躅前行,三步一回头。

　　日月如梭,又一个晚上,下起了毛毛细雨。他举着雨伞来到了一座凉亭,她打着雨伞也来了,彼此打了照面,似乎心有灵犀。

　　他坐着,眼睛四处搜寻;她也坐着,目光四处飘荡。

　　朦胧的灯光下,细雨绵绵,闪闪发亮,像蚕抽出来的丝,弥漫着一片温情。

　　他童心未泯,伸出双臂拥抱细密的雨丝;她受到感染,也伸出双臂拥抱细密的雨丝。

　　他瞟了她一眼,忍不住笑了。她见他笑了,也兀自笑了,有点不好意思。

　　刹那间,他正襟危坐,向着远处眺望;她也正襟危坐,向着远处眺望。

　　已是午夜了,游人越来越少,只有几对情侣手拉手,毫无顾忌地卿卿我我,忘我地冒雨行走。

　　他的眼神投射到她的脸上,她的眼神也投射到了他的脸上。四目相对,宛如一道闪电,猛地各自低下头,缄默不语。

　　半晌,他忍不住好奇,打破了沉默。

　　他问:"你是一人出来的?"

　　"是。"她答

　　"你也是一人出来的?"她问。

　　"是。"他答。

　　"你出来散步?"他问。

　　"不是。"她说,"我是出来找朋友的。"

　　"你出来散步?"她问。

"不是。"他说，"我也是出来找朋友的。"

"找到了吗?"她问。

"没有。"他惆怅地答。

"找到了吗?"他问。

"没有。"她失望地答。

"你的朋友是怎么样的?"他好奇地问。

"不清楚。"她嘴里这样说，心里却不这样想。她心里想，我的朋友就像你。

"你的朋友是怎么样的?"她狐疑地问。

"不知道。"他嘴里说，心里不是这样想。他心里想，我的朋友就像你。

他怅然地说："找个朋友好难。"

她眼神迷茫，随声附和道："是啊，找个朋友真难。"

"我们来个比赛，看看谁先找到朋友。"他心血来潮，诡秘地提议道。

"好，我同意。"她应声道，一副俏皮相。

在期待中终于迎来了第二天晚上，皓月当空，微风拂煦，空气滤过般清新，带着淡雅的花香。

他来了，她也来了，各自漫步在甬道上。沐浴在月光里，闻一闻花香，摸一摸小草，他和她感受到从没有过的美妙。他们幡然醒悟，还有必要寻找吗? 自己要找的朋友就在灯火阑珊处。

他急急地来到了凉亭，她也匆匆地来到了凉亭，简直是不约而同。

"你找到朋友了吗?"他首先开口。

"找到了!"她显得兴奋，脸儿红润润的。

"你找到朋友了吗?"她忐忑着问。

"找到了。"他显得激动，眼神火辣辣的。

"在哪里？"他和她异口同声地问。

"远在天边，近在眼前。"他和她又是几乎不约而同地说。

他欢欣地笑，她也欢欣地笑。一串串笑声引得虫儿鸣叫起来，恰似一曲欢乐的歌。

晚风轻拂，月光皎洁。他们相依相伴地走在甬道上，欢声笑语，直到游人散尽。

爱的圈套

张志全显得很沮丧，希望竟成了泡影。

下午，好友神秘地对张志全说："晚上，总工会举行大龄青年联谊活动，地点设在总工会的活动室。你应该去看看，或许能找到大美女呢！"谁都知道，这样的联谊活动，说白了就是为那些谈嫁论娶有困难的青年男女提供谈情说爱的机会。张志全听了觉得有理，蠢蠢欲动。

张志全吃过晚饭，把自己打扮了一番，神不知鬼不觉地向总工会走去。到了总工会门口一看，办公楼黑灯瞎火的，冷冷清清，看不到一个人。这是怎么回事？大概自己心里急，来得太早了吧。张志全这样一想，默默地在附近徘徊。

等了好久，办公楼一点亮光都没有，还是见不到人影，张志全失望了，暗暗大骂好友捉弄人，沮丧地往回走。

张志全垂头丧气地走在街上，苦叹自己命运不济，三十岁了还是光棍一个。蓦然，前面有个姑娘映入他的眼帘，身材高挑，曲线分明，婀娜多姿。张志全悄悄地向前走去，定睛一看，惊讶不已，这个姑娘竟是自己的同事王晓倩。坦白地说，张志全对她暗恋已久了，好几次想对她表白爱慕之心，只缘自己是大龄青年，自尊心强，加上王晓倩很清高，爱理不理的，只好把相思之苦埋在心底。

王晓倩怎么一个人？她去干什么？是约会吗？张志全产生了好奇，悄然地躲在一个阴暗的角落，打算看个究竟。

没想到，王晓倩望了望四周，径直向张志全走来，轻声问："张志全，你怎么一人躲在这里？"张志全紧张极了，怎么好意思说出真相呢？连忙敷衍："随便走走，随便走走。"低着头不敢正视她。

"你干啥去？"半晌，张志全装着若无其事的样子问。

"和你一样，也是出来随便走走。"王晓倩慢条斯理地答，脸儿微微发红。

为了不使自己难堪，张志全鼓起勇气，请求道："我们能随便走走吗？"

"好啊，随便走走吧！"王晓倩爽快地答应了。

他们保持着距离，默默地走着，谁也不说话，有点心慌意乱。

突然，王晓倩转过头，狡黠地看着张志全，问："你是去约会的吧？"

"我……"张志全一时语塞，口齿也不伶俐了，觉得脸上火辣辣的，心里愤愤然，自己对别人真诚相待，却被好友戏弄了，百感交集。王晓倩不再说话，冲着张志全笑了笑。

这一晚，他们有一搭没一搭地说着话，走了好久好久。

有了这次巧遇，张志全对王晓倩有了好感，有事无事跟她套近乎。王晓倩也变了样,遇见张志全也不冷若冰霜了,都会甜甜地冲他一笑。

都是同事,抬头不见低头见,久而久之,张志全跟王晓倩好上了,谈起了恋爱。

那个晚上,他们在公园散步,自然说到了上次不期而遇的事,张志全心中的疑惑又冒出来了。

张志全狐疑地问:"那个晚上真巧啊,遇上你了。你怎么也一人出来走走?"

"我找你啊!"王晓倩眨了眨眼,一句出乎意料的话。

"找我?"张志全惊讶地问,"你怎么知道我的行踪?"

"这是秘密。"王晓倩鬼怪精灵地说。

"秘密?什么秘密?"张志全诧异地问。

"你想参加总工会举办的联谊会吧!那次联谊活动是我故意编的,特地委托人家告诉你。那是我的一次精心策划。你饥不择食,钻进我的圈套了。"王晓倩笑得花枝乱颤。

"你为什么要这样做?"张志全佯装生气地说。

"谁让你是傻帽啊!太不懂儿女情长了。我故意气气你。说实话,我爱慕你很久了。"王晓倩答。

"原来你是狡猾的人啊!这个圈套我愿意钻。"张志全说着,激动不已,一下子就把王晓倩抱住了。

天上掉下个林妹妹

黄建身材魁梧,仪表堂堂,是单位里的一个活跃分子,能文能武,什么都能来一下,尤其喜欢唱爱情歌曲。一有空闲,黄建津津有味地唱,字正腔圆,一板一眼,唱得人的心一颤一颤的。

同事打趣道:"黄建,你掉入情网了吧。"黄建眼睛一眨,调侃道:"自得其乐而已。"说完继续投入地唱起来。

唱着歌儿,黄建成了大龄青年。就是这么一位多才多艺、性格开朗的黄建至今没有处上女朋友,成了大家心中的谜。有人私下议论:"黄建心眼高了,走火入魔,被这些歌词迷住了心窍。"

黄建不在乎人家的议论,沉浸在自己歌唱的遐想中,一曲又一曲,声情并茂,婉转悠扬,情思泉涌,任由晶亮的液体在眼眶里转动。

谁也不知道,神采飞扬的黄建嗓子一亮,眼前就会飘来一位姑娘,像一位下凡的仙女,婀娜多姿地站在面前。这个姑娘就是杜梦洁。

杜梦洁是一家歌舞团的演员,长相俊俏,唱腔动人,一颦一笑,活泼可爱。

那时候,每逢新春佳节,各个乡镇都会邀请歌舞团来演出,凑个乐和,图个吉祥。大学生黄建在家度寒假,就去看了一场演出,一个女演员给他留下了深刻的印象。演出结束后,黄建来到了后台,看到了卸妆后的那位女演员,一下子被吸引住了。多漂亮的姑娘,油脂般的肤色,小巧的鼻子,樱桃似的小嘴,黑亮得像绸缎般的秀发,衬着凹凸分明的线条,真是天使的脸孔,魔鬼的身材。黄建一打听,知道她叫杜梦洁。黄建着了魔似的,有空就会到歌舞团驻地玩,跟着歌舞团从一个乡村转到另一个乡村,寒假的日子就不知不觉地过去了。

耳濡目染,黄建就喜欢上了唱歌,曲儿不离口,哼着哼着,杜梦洁就闯进他的心里,怎么也挥之不去,眼前晃动的都是她的身影。

时光荏苒,又到了寒假,黄建神不守舍,急不可待地回到家,可是再也见不到歌舞团来乡下演出,心里空落落的。直至黄建大学毕业被分配在县城里工作,也没有见上杜梦洁一面,但他唱歌的兴趣有增无减,在 KTV 里一曲接着一曲唱,热血沸腾,流淌着对杜梦洁的思念。

一天晚上,黄建来到了 KTV,听到了天籁般的歌声。黄建循声望去,看到里三层外三层围满了人,挤进去一看,原来是一群姑娘在自娱自乐,演唱着一首首歌曲。黄建来了兴趣,自告奋勇上台演唱了一曲。顿时,掌声如雷,好评如潮,大伙儿呐喊着让他接着唱。黄建也不推辞,很投入地唱起来,一连唱了好几个曲子。

这时,一个姑娘迎上来,要跟黄建一起对唱。黄建打量了一下,眼睛就直了。姑娘似曾相识,大眼睛,柳叶眉,黑亮的眼睛流光溢彩,别具风韵。

黄建和姑娘配合默契,演唱起来跌宕起伏,水乳交融,相得益彰,KTV 里沸腾了,一片喝彩声。

唱了几曲,黄建邀请姑娘出去走走。也许是一见钟情,也许是心有灵犀,姑娘很爽快,满口答应了。

夜色真好,月明星稀,微风拂煦,黄建和姑娘并肩向前走,彼此交流自己的感受。姑娘说:"真看不出来,你有这么好的演唱功底。"

"我是业余爱好,自娱自乐的。"黄建坦诚地说。

"跟谁学的?"姑娘好奇地问。

"当时我跟一家歌舞团听了好多歌。"黄建说。

姑娘瞅了瞅,陷入了沉思。黄建一见姑娘脸色凝重,忙换了话题,接口称赞:"你唱的才专业呢!"

"我原来在县级歌舞团工作,经常下乡演出,后来歌舞团解散了。"姑娘遗憾地说。

黄建"哦"了一声,有点惊讶,不由得多打量了姑娘几眼,眼睛闪闪发亮。

"你很像一个演员。"少顷,黄建情意绵绵地说,"可是,我找了好久也没有找到她。"

"谁?"姑娘急切地问。

"杜梦洁。"

"我就是。"姑娘笑开了,似绽放的一朵花。

"真是踏破铁鞋无觅处,得来全不费工夫。真的是你啊!怪不得很面熟。"黄建说着,波澜起伏,激动地唱起来:天上掉下个林妹妹,掉进我酒杯化成了水,烛光猜不透你的心思,只有我能尝出你的滋味……

听着黄建婉转的歌声,杜梦洁泪花闪闪,跟着轻声地哼唱起来,两双手紧紧地握在一起。

此后,黄建相约杜梦洁来到KTV,尽情地唱。《天上掉下个林妹妹》成了黄建的保留歌曲。

找对象

俗话说，三十而立。如我已过而立之年，还是个光棍汉，这个滋味只有自己才能品尝。

不说我长得英俊，但是在男人堆里我也算是鹤立鸡群了，身材魁梧，浓眉大眼，有模有样，说媒提亲的不在少数。可是，介绍的几个姑娘没有一个谈成功的，不是我看不上人家，就是人家不青睐我，要不，互相都看不上。同事为我的人生大事操劳奔波，到头来还是竹篮打水一场空，浪费钱不说，还浪费了我的感情，那个怨啊！

老母亲看着人家都抱孙子了，羡慕得要命，看着我独打青龙关，脸上蒙上了一层霜，嘟嘟囔囔："我前世造了什么孽？"

看着母亲比我还焦急，我心里很难受，竭力安慰道："男子汉岂能受困于儿女情长？"老人家哭笑不得，眼圈一红，撩起衣襟抹眼泪。

看着同事出门成双，进门成对的亲昵，我羡慕得眼睛都发绿了。可是，姻缘问题不是招之即来，挥之即去那么简单。

当然，也有例外。那是一个叫玲芝的姑娘，长得虽不是如花似玉，但也端庄秀气，只是身子骨有些单薄。我们好几次待在一起，眼看婚姻大事就要尘埃落定。不知为何，后来几次三番我就没有约上她，成了我心中的一个谜。

那一天，我正在忙着工作，一个领导笑容可掬地进来了。领导笑眯眯对我说："你老大不小了,该考虑人生大事了。"

我说："工作要紧,个人的事不焦急。"我嘴上说得冠冕堂皇,心里却不是这样想。我心里想,领导啊,你怎么知道我心里的苦楚,单枪匹马的日子不好过啊。

少顷,领导发话了："你是我们单位的骨干分子,你不找对象,我的脸面也过不去。我手下的人日子过得不体面,我这个当领导的有何颜面?"

领导的话正中下怀,我很激动,笑着等待领导的金口玉言。

领导胸有成竹地对我说："我给你牵线,一个很不错的姑娘,晚上你们去见一面,保证让你收获硕果。"

我斩钉截铁地说："坚决执行领导的指示。"

吃过晚饭,我把自己彻头彻尾地收拾了一遍,满面春风地来到相约的"圆缘园"茶室,抬腕一看表,早到了半小时。我心猿意马,姑娘长得啥模样? 会不会发生"见光死"?

这时,传来了皮鞋敲击大理石的笃笃声,茶室的门开了,进来了一位姑娘。我定睛一看,傻了,姑娘就是跟我谈过的玲芝。

玲芝愣怔地看着我,脸红红的,显得很窘,前脚进来,后脚不动了。

"是你?"

"是你?"

我们异口同声地说。

僵持了几分钟,玲芝进来了。我让服务生泡上两杯茶,来一点水果,我们就面对面地坐下。玲芝羞答答的,低着头不停地摸着衣角,显得很拘谨。我也尴尬得自顾自喝茶,缄默不语。

少顷,我打破了沉默,说："没想到我们又见面了。"

"嗯。"玲芝的声音轻轻的。

"以前你的手机,怎么打不通?"我耿耿于怀。

"我的手机丢了。"玲芝歉意地对我说。

"怪不得。"我感慨道。

"有缘千里来相会,无缘对面不相逢。"玲芝自言自语。

"缘分,真是缘分。"我不禁喜笑颜开。玲芝看着我,显得妩媚多了。

一瓶胶水的爱情

说起来你不相信,米兰嫁给我是一瓶胶水的缘故。

那时候,我们还在中学读书,米兰跟我同桌,而且是邻居。她扎着长辫子,夏天喜欢穿一条花色的连衣裙,像蝴蝶的翅膀,走起路来,长辫子一晃一荡,划着优美的弧线,加上裙裾飘逸,极像一只轻盈的燕子,在我的面前飞呀飞,让人赏心悦目。

米兰读书很用心,成绩很好,也是我们的班长,管理同学很严厉,甚至比老师还要有威严。有一次,我没有完成语文老师布置的作业,被米兰检查时发现了。米兰当着同学的面,狠狠地批了我一顿,还扬言,如果下次再不完成作业就向老师告状,让我很没有面子。

她无情无义,我就来个针尖对麦芒。有一天,我趁着米兰不注意,偷偷地把她的语文书藏起来。

上课的铃声响起来了,米兰翻遍了书包,就是找不到语文书,着急地问:"谁见到我的语文书?"随后,她用怀疑的目光看着我。

我若无其事,转过头置之不理。

无奈之下,米兰央求我跟她共用一本书。我本想拒绝,给她一次报复,但看着她楚楚动人的模样,我还是答应了。

那一节课,我坐得端端正正,心里却怦怦直跳。她的发香,她的气息,搅得我心猿意马。

第二天,我偷偷地把语文书完璧归赵了。语文书里夹着一张纸条,上面写满了我从书籍里摘抄下来的文字。

我静等米兰的变化,是否会对我热情一些,哪怕给我一些注目礼也好。事与愿违,我的愿望竹篮打水一场空。

一次,我吃过中饭站在门口,翘首以盼地等着米兰从我的门前走过。等啊等,就是不见米兰的人影。以前,米兰雷打不动都要从我的家门口过,每次看着她款款的身影,我就说不出的激动。

我不由得胡思乱想,米兰怎么了?是病了吗?我垂头丧气来到学校,发现米兰跟女同学玩得正尽兴呢!

一天又一天,我望眼欲穿,却怎么也见不到米兰从我门前经过。我心血来潮地躲在她家门口的一角,悄悄地跟踪。真相大白,原来米兰绕道而走了。我的心仿佛跌进了冰窖,很冷。

一次意外,米兰来上课,刚到教室门口,脚下一滑,摔了一跤,脚踝扭伤了,走路一瘸一拐,可怜巴巴的。

我顾不得男同学的耻笑,立马冲了过去,把她送到了医院治疗。也许我的义举感动了米兰,米兰和我亲近起来,放学上学也不绕道而行了,从我的门前飘然而过,让我有了春暖花开、桃红柳绿的感觉。

长大后,我和米兰自然而然地谈上了恋爱,水到渠成,米兰成了我的妻子。

有一个秘密,我不得不说,就是米兰摔倒的事。那是我跟几个男同学合计好了的恶作剧,趁着米兰来到教室之前,把一瓶胶水全部倒在了教室门口。不过,直到现在,米兰还蒙在鼓里呢!

平凡的爱情

我知道林倩玺跟李皎荣拍拖是在那一天的傍晚。那时,一抹夕阳染红了办公楼。我抬头瞧去,出乎意外地发现林倩玺倚在李皎荣的身边,有说有笑地从办公室出来。

我实在不想说林倩玺和李皎荣眉梢眼角掩饰不住的热乎劲。想起那一幕,我浑身流淌着酸溜溜的东西,身体一阵颤抖。谁能知道,我是多么喜欢林倩玺,简直是神魂颠倒。

林倩玺是何等的美丽,姣美得无法用语言描述。假如林倩玺跟仪表堂堂的小伙子拍拖也是人之常情,无可厚非。可是,林倩玺竟跟其貌不扬,有点木讷的李皎荣好上了,简直是不可思议。

我怀着复杂的心情把自己的发现告诉同事的时候,刹那间,同事们呆若木鸡。沉默片刻,一个同事怀疑地问:"你说的是真的? 是编的吧! 你最会编故事了。"

我急了,唾沫四溅言之凿凿地说明真相,于是,他们飞扬的神采顿时黯然。

理智告诉我,林倩玺名花有主了,我无奈地在私底下发着自己的感慨,聊以自慰。林倩玺俨然一朵娇艳的鲜花,在我们的眼前飘来飘去。

至今,我们还是猜不透林倩玺爱上李皎荣的缘由。他们的爱情让我们耿耿于怀,也让我们眼馋。

我曾经想去问林倩玺,搞清真相,又怕人家说我黄鼠狼给鸡拜年——没安好心。

过了一年,我们接到了林倩玺和李皎荣的大红结婚请柬,悲喜交加。

宴席上,略施粉黛的林倩玺光彩照人,热情地招呼着宾客。我的好奇心油然而生,狐疑地问林倩玺:"新娘,可以公开你的罗曼史了吧!"

林倩玺也不忸怩,嫣然一笑,说:"我给你们讲一个故事。"

"你们记得那年冬天的一个晚上吗?寒风凛冽,雪花飞舞,轮到我们单位去巡夜了。我们裹着大衣,穿大街过小巷,一边谈天说地,一边严密地监视周围的一切。经过一个弄堂,路灯坏了,黑咕隆咚。你们迈着大步走在前面,只有我一人,蹑手蹑脚地走在后面。突然,我被什么绊了一下,一个趔趄,差点摔倒在地。说时迟,那时快,一双大手扶住了我,说,'当心,这里有个窟窿。'原来,是李皎荣站在那里。我问李皎荣,'你是怕我摔倒,在这里等我?'李皎荣说,'我知道你的眼睛不好使。'"

说到这里,林倩玺有些哽咽,明亮的眼睛蒙上了一层水雾。李皎荣穿着笔挺的西服,站在新娘的身边,憨厚地冲着我们笑。

我一阵激动,浑身热乎乎的,我不知道是酒精的作用,还是心灵受到触动?我猛然站起来,提议道:"伙计们,来,为新郎新娘的爱情干杯。"

我们不约而同一仰脖,喝了底朝天。一股通红的液体,连同那个叫爱的东西,一直流到我的心田里。

豆豆香　枣枣甜

豆豆和枣枣是一对新婚夫妻。

其实,豆豆不叫豆豆,枣枣也不叫枣枣。豆豆的真名叫唐诗雅,一个很雅致的名字。枣枣的真名叫冯俊杰,一个很阳刚的称谓。

豆豆和枣枣是他们谈恋爱期间的相互昵称。那一年,唐诗雅28岁,冯俊杰30岁,算是大龄青年了。

朋友对唐诗雅说:"你老大不小了,该找男朋友了。莫非你要做个'剩女'吗?"

唐诗雅眼睛一闪,说:"有合适的吗?"

"有。"朋友说,"我有个同事叫冯俊杰,跟你很般配。"

唐诗雅闻之,心里一喜,微笑着说:"挺好的名字,认识一下也无妨。"

朋友对冯俊杰说:"你老大不小了,该找个女朋友了。莫非你要当一辈子光棍吗?"

冯俊杰眼睛一眨,说:"有合适的吗?"

"有。"朋友说,"我有一个好友叫唐诗雅,跟你很般配。"

冯俊杰听着,心里一乐,微笑着说:"挺好的名字,认识一下也无妨。"

朋友一穿针,一引线,唐诗雅跟冯俊杰就联系上了。

第一次见面是在江滨公园,朋友做了简单的介绍,笑眯眯地说:"你们俩慢慢聊,我去忙别的事了,要好好珍惜哦。"说着,扮了个鬼脸,挥了挥手,走了。

唐诗雅看了一眼冯俊杰,心想,虽不是人如其名,但也挺顺眼的。

冯俊杰瞧了一眼唐诗雅,心想,虽不是人如其名,但也挺顺眼的。

他们俩走在公园里,一会儿看看喷泉,一会儿摸摸花草,谁也没有开口说话。

走了十几分钟,他们坐在一条长椅上,尽情眺望。春风和煦,阳光朗朗,一派春意盎然。

冯俊杰掏出一包枣,对唐诗雅说:"吃几颗枣吧! 可以美容。"

唐诗雅说:"你自己吃,我不吃。"

唐诗雅掏出一包豆,对冯俊杰说:"吃几粒豆吧! 增加营养。"

冯俊杰说:"你自己吃,我不吃。"

他们悠闲地看着周围的风景,津津有味地吃着自己带来的小吃,一晃,一个小时过去了。

以后约会的时候,冯俊杰都会带上自己喜欢吃的枣,唐诗雅也会带上自己喜欢吃的豆。唐诗雅发现冯俊杰吃的都是同一品牌的爱情枣,包装袋上画着鸳鸯戏水。冯俊杰发现唐诗雅吃的都是同一品牌的情侣豆,包装袋上画着一对青年男女,手牵着手。

冯俊杰很好奇,心里活络开了,情侣豆怪有意思的,老是吃豆不厌腻吗? 便对唐诗雅说:"你怎么老是吃情侣豆?"

唐诗雅淡淡地说:"我喜欢。"说的时候,抬眼朝前望,神色深沉,眼神迷茫。

唐诗雅很好奇,心里活络开了,爱情枣怪有意思的,老是吃枣不厌腻吗? 便对冯俊杰说:"你怎么老是吃爱情枣?"

冯俊杰淡淡地说:"我喜欢。"说的时候,抬眼朝前望,神色深沉,眼神迷茫。

冯俊杰不再说了,想着心事,唐诗雅心里有个秘密,肯定藏着什么。想归想,他不想问出子丑寅卯。

唐诗雅不再说了,想着心事,冯俊杰心里有个秘密,肯定藏着什么。想归想,她不想问出子丑寅卯。

僵持了一会儿,他们发觉自己失态了,忙回过神来。

冯俊杰调侃道:"你爱吃豆,我就叫你豆豆吧。"唐诗雅莞尔一笑,很妩媚。

唐诗雅打趣道:"你爱吃枣,我就叫你枣枣吧。"冯俊杰爽朗一笑,很阳光。

"豆豆,我们去转转。"

"枣枣,我们去逛逛。"

就这样,他们就豆豆、枣枣地叫开了,谈起了恋爱。

以后见面,冯俊杰不带枣了,带来了情侣豆。唐诗雅也不带豆了,却带来了爱情枣。

冯俊杰说:"豆豆,你吃豆吧,我给你买了。"

唐诗雅说:"我不吃豆,我吃枣。"

唐诗雅说:"枣枣,你吃枣吧,我给你买了。"

冯俊杰说:"我不吃枣,我吃豆。"

唐诗雅拿了一颗枣子,塞进嘴里,嚼了嚼,说:"这个枣真甜。味道好极了。"

冯俊杰拿了几粒豆,塞进嘴里,嚼了嚼,说:"这个豆真香。味道好极了。"

冯俊杰和唐诗雅相视一笑,豆豆、枣枣吃得欢。

时光荏苒,一年后,冯俊杰和唐诗雅走进了婚姻的殿堂。

他们不再吃枣和豆了,出门成双,入门成对,快快乐乐地开始了新的生活。

采红菱

洪凌爱吃红菱,打小时候开始。

村子周围散布着大大小小的池塘,夏日里,红菱蓬勃生长,叶片铺满了水面,一到红菱成熟,生产队队长派几个年轻人,划小木船下到池塘里,把红菱采摘下来,分给各家各户。到了晚上,从田间忙碌回来的大人把红菱煮熟了,一家人围聚在一起,牙齿一磕,细腻的果肉就出来了,慢慢地咀嚼,香喷喷的,吃得有滋有味。

那时候,家家户户生活都很艰难,小孩子没什么零食可吃,红菱便成了绝好的零食。吃着喷香的红菱,洪凌的脸上红扑扑的,欢天喜地,越吃越爱吃,对红菱有了好感。

平常的日子里,洪凌数着指头盼着秋天到。秋天到了,就可以吃上红菱了。

洪凌有个小伙伴,叫金锁,也喜欢吃红菱。别看金锁年龄小,却是玩水的好手,他无师自通,学会了游泳,避开大人在池塘里摘红菱吃。

一次,金锁找到了洪凌,说:"洪凌,你闭上眼睛,我给你好东西吃。"洪凌不知金锁葫芦里卖的什么药,乖乖地闭上眼睛。金锁说:"不许偷看。"说着就把白嫩的东西塞进洪凌的嘴里。洪凌嚼了嚼,觉得脆生生的,甜津津的,睁开眼,笑着问:"金锁,这是什么东西?"

金锁眨眨眼,鬼灵精怪地说:"这是生红菱。"

"生红菱也这么好吃啊！跟煮熟了的红菱味道不同。"洪凌惊喜地说。洪凌没吃过生红菱,只吃过煮熟了的红菱。

自从吃了生红菱,洪凌就缠着金锁要生红菱吃。看着洪凌贪婪的模样,金锁像个大哥哥,满口答应给她摘生红菱。

中午时分,烈日当头,金锁带着洪凌来到了池塘,扑通一声跳下水,像泥鳅似的,灵活极了。此时正是大人们歇息的时候,采摘红菱神不知鬼不觉。采摘红菱要是被人发现了,上告生产队,都会被扣工分,分配的粮食就会减少,小孩也不例外。

金锁蹚在水里,伸手翻开红菱的叶盘,寻找红菱。洪凌蹲在岸上,眼巴巴地看着金锁,不停地吧咂着嘴。金锁一看到元宝般的红菱,便喜出望外地采摘下来,放进衣兜里。等到衣兜里藏满了红菱,金锁湿漉漉地爬上岸来,把一大半鲜嫩的红菱送给洪凌。

他们来到了一棵大树下的阴凉处,坐下来,剥开红菱的外壳,有滋有味地吃。吃一个红菱,他们都会对视一眼,然后就笑。

洪凌说:"金锁哥哥,你真好。"

金锁说:"谁叫你那么好看啊！"洪凌一听,扑哧一笑,低下头自顾自吃红菱。

吃着红菱,一年又一年,洪凌长成了漂亮的大姑娘;金锁也长成了英俊的小伙子。他们不再像小时候那样聚在一起玩乐了,显得拘谨。偶尔碰见了,洪凌脸儿一红,羞答答地低下头,轻盈地侧身而过。金锁眼睛闪闪发亮,转过身来痴痴地看,直到看不见洪凌的身影为止。

生产队分田单干了,池塘也分了,归个人所有。大池塘分给几户人家共有,小池塘分给一户人家。金锁抓阄,抓到了一口位于村口的小池塘。

花儿一样的洪凌跟着姐妹出门打工了。金锁也本想出去打工,一想到父母年事已高,需要有人照顾,便留了下来。

夜深人静的时候,金锁就会想起洪凌。想起洪凌,金锁眼前就会出现洪凌高挑的身影,害羞的神情。洪凌外出打工,见不到面了,金锁心里空落落的。

村民们不种红菱了,在池塘里养鱼。金锁不养鱼,依然在池塘里种红菱。

采着红菱,金锁又会想起洪凌,她在外怎么样了?是好还是孬?一想起洪凌,金锁就会莫名地伤感。有几次,金锁想打听洪凌的下落,在她家的周围徘徊好几次,可是找不到理由,怕人家耻笑,只好作罢。

过了两年,在丹桂飘香的日子里,洪凌回来了。

走到村口,洪凌一眼看见金锁在采摘红菱,很是惊讶。洪凌放下行李,大声喊:"金锁,采红菱啊?"

金锁一抬头,见是洪凌,心里揣了小兔一样怦怦跳,说话也不伶俐,磕磕巴巴的:"洪凌,你,你回来了啊!"

"当心。"洪凌看见金锁坐着的大木盆晃荡起来,急忙说。

"没事。我给你红菱吃。"金锁说着,划着大木盆来到了岸边,拣了一些嫩红菱,抛到岸上来。

洪凌剥开一个红菱,塞进嘴里,慢慢地品尝,满嘴生津。

"好吃吗?"金锁问,眼神有了光彩。

"好吃。鲜嫩。香甜。"洪凌说,"好久没吃过红菱了。"

"多吃一些。"金锁微笑着说。

洪凌不解地问:"金锁,你的池塘怎么不养鱼啊?"

金锁搔着后脑勺,难为情地说:"你不是喜欢吃红菱吗?"

"你是为了我?"洪凌心里一动,惊喜地问。金锁看着洪凌惊愕的神态,傻傻地笑。

半晌,金锁低沉地问:"你要出去吗?"

"不走了。"洪凌眉开眼笑地说,"外面是个花花世界,让人眼花缭乱。我要在家吃红菱,你就好好地采摘吧!"猛然,洪凌意识到什么,白皙的脸上泛起了红晕。

金锁咧了咧嘴,说:"我一定好好采红菱,让你吃个够。"

洪凌觉得脸上火辣辣的,慌忙移开投向金锁的视线,回望着辽阔的田野。田野里的稻苗抽穗扬花了,丰收就在眼前。

寻找男人味

男人味是李玲芳的口头禅,是对男士画龙点睛的评价。世上不是只有男士才会评价女士的优劣,女人聚在一起也会对男士品头论足,从相貌、才华到气质,一一说开去。李玲芳在的时候,就会恰到好处地插上一句,这个有男人味或者没有。这样的评价言简意赅,一针见血,不得不让你佩服得五体投地。

李玲芳的口头禅何时形成,谁也说不准,从说出口的频率来计算,是在她二十三岁上下的阶段。那时候,单位调入了一个人,叫张志童,比李玲芳大两岁。张志童是一个白面书生,文质彬彬,未开口就笑,一个姑娘似的。有人觉得他俩很般配,有心做月下老人从中撮合,就对李玲芳说:"你看张志童如何？你们是天生的一对呢!"李玲芳的眼睛一忽闪,不假思索,不屑一顾地说:"他没有男人味,奶油小生一个,光那个名字就觉得弱不禁风。"从此,李玲芳男人味的口头禅出炉了,常常挂在嘴边。

姐妹聚在一起就要搞笑,体面的,不体面的,家长里短喋喋不休。有人插科打诨,问李玲芳:"怎样才算是有男人味?"李玲芳咯咯地笑,露出玉米粒似的白牙,鬼怪精灵地说:"这需要你的造化,看你的感觉。"于是,大家不约而同地问:"李玲芳,你尝过男人的味道吗?"李玲芳的脸一红,杏眼圆睁,一转身就走了,抛给她们修长的身影。聚在一起的女人们便狡黠地笑倒在一起,暧昧地互相挤眉弄眼,前仰后合,肚子都笑痛了。

喜欢男人味的李玲芳还没有处上对象,是同事们心中的谜。是李玲芳不漂亮吗？不是。以是否处上对象来判定女人是否长得标致,你是门缝里看人。李玲芳应该是富有女人味了,小鸟依人。

李玲芳长得亭亭玉立,肌肤白皙,身姿优美,是有名的美人。那年她师范毕业,正好十八岁,在乡中心学校当老师,一朵花一样。

李玲芳在农村教了三年书,因教学质量高,被调入市区小学当老师。到了市里,李玲芳开了眼界,长了见识,打扮得青春靓丽,很新潮,很前卫,加上她能歌善舞,八面玲珑,讨人欢心,人缘极好。李玲芳成了闻名遐迩的大美人。

漂亮是女孩的本钱,就有许多人上门求亲,有毛遂自荐的,有托人家牵线搭桥的,络绎不绝,但都被李玲芳婉言谢绝了。她说:"刚参加工作不久,再等些日子再说吧。"有几个有才有貌的小伙子,职业好,家底也很殷实,李玲芳为啥看不上眼？谁也不知道李玲芳葫芦里卖的是什么药。现在回想起来,茅塞顿开,那是李玲芳觉得这些小伙子缺乏男人味了。

前来提亲的人都吃了李玲芳的闭门羹,热情减退,做红娘的门可罗雀。几个好姐妹急了,一连串地问:"玲芳,难道没有你中意的人?他们都没有男人味吗?你到底需要怎样的男人?"李玲芳朱唇一启:"别急,别急,到时你们就知道了。"大家议论纷纷,无不遗憾地说:"李玲芳眼界高,挑花眼了。"

岁月如梭,一晃几年过去了,李玲芳二十八岁了,成了大龄姑娘,还是单枪匹马独往独来,形单影只。"在她的心中这些男人都缺乏男人味吧。"大家感慨地说。

此时的李玲芳容颜消退,额上的皱纹若隐若现,脸色也不像以前光亮鲜嫩,前来问津的小伙子寥寥无几,门庭冷落车马稀。普通的女人肯定嘴上不急心里急。可是,李玲芳似乎不急不躁,毫不在意,照样跟大家有说有笑。

有好友劝说:"李玲芳,你老大不小了,该找个男人过日子。鲜花也有枯萎的时候。"李玲芳若无其事,轻描淡写地说:"有缘千里来相会,无缘对面不相逢。缘分到了,男人就来了。"

果然,李玲芳的缘分来了。今年国庆节,同事们接到了李玲芳的结婚请柬,让大家惊喜不已,也出乎意料,李玲芳真神速啊,没有一点恋爱的迹象,就结婚了。

同事欢天喜地参加了李玲芳的结婚典礼。婚礼上,李玲芳伴着新郎,眉开眼笑的,显得很幸福。人们仔细一看新郎,傻眼了,新郎是一个年近四十的中年人。

有人十分惋惜地嘀咕:"一朵鲜花插在牛粪里。"李玲芳也不计较,落落大方地说:"这就是男子汉,有男人味。我可喜欢了。"

第三辑

世态万象

爱的构想

他聚精会神地坐在桌前,正在构思自己的小说。

故事的梗概已孕育在心。一对大学生,都是文学爱好者,以书为媒,彼此增进了友谊,从友情发展到爱情,最后走进婚姻的殿堂,美好的大结局。他沉浸在故事之中,为自己巧妙的构思激动不已。

突然,传来了一阵清脆的敲门声,他不情愿地打开门一看,惊喜得脱口而出,是你?

不欢迎?看着他一脸的诧异,她调皮地一笑,扮了个鬼脸。

他和她是在学校征文比赛颁奖会上认识的。她读大三,喜欢写诗;他读大四,喜欢写小说。后来他们也有几次交往,渐渐地熟悉起来,彼此有了好感。

看着她突然而至,他不知所措地站着。

不让我进来坐一会儿?她打破了僵局,挤眉弄眼,一副调皮相。

他从尴尬中摆脱出来,连忙搬过一条凳子,拍去蒙在上面的灰尘,很优雅地做了个"请"的动作。

有什么事吗?他的话刚出口,就后悔了,直骂自己这张笨嘴。

没有事就不能看看你?她嫣然一笑,神色生动,艳若桃花。

他直搓着手,无言以对,只是嘿嘿地赔笑。

无事不登三宝殿。上次你说过的那本诗集在吗?能否借我看看？她说明了来意,灿烂的笑容挂在脸上。

他恍然大悟,自己曾经跟她说过,自己有一本好看的爱情诗集,没想到她竟然上门索要了。

他东找西翻,终于找到了那本爱情诗集。

送给你吧！他看着她,眼神充满了异样。

谢谢你的好意,我看完就还给你。她随手翻了翻诗集,抬头冲着他又是一笑。

我走了,再见。随着悦耳的声音,她轻盈地迈动脚步,款款而去。

看着她远去的背影,他眼前一阵恍惚,怅然若失。

他呆呆地坐在书桌前,她的言谈举止在眼前定格,挥之不去。他做了一个深呼吸,定了定神,继续创作自己的小说。

他的思绪像泉水一样流淌,眼前忽然一亮,奇了,我构想的故事怎么在眼前出现了呢？不早不迟,偏偏在我编织故事的时候她来了,莫非心灵感应了？难道她向我借书是另有目的？他想入非非,心中有了甜蜜的感觉,心似乎也在风中飘荡。

一天,他在校园里散步,与她不期而遇,喜出望外地迎了上去。

她冲着他友善地一笑,从挎包里掏出那本诗集递给他,说,书还给你,完璧归赵了。我还有事,先走了。她说着,狡黠地眨着明亮的眼睛,两个深深的酒窝清晰可见,很迷人。

他抚摸了一会儿带有她体温的诗集,然后不停地翻动着诗集,发现诗集里夹着一张粉红色的信笺。

信笺上会写些什么呢？他心里小鹿乱撞,不敢看,又忍不住不看,信笺的诱惑力太大了。他终于打开了,定睛一看,一行娟秀的钢笔字出现在眼前:把爱写在诗上。

为什么要写这句话呢？他暗自思忖，精神为之一振，这不是明摆着吗？她在向我示爱呢！女人真是心细，表面不动声色，心中燃烧着熊熊烈火。

他踌躇满志，无巧不成书，自己构思的小说故事就在自己的手中成为现实了。为此，他激动得好几夜睡不着觉。

不久，学校举办文学沙龙，他与她又相逢了。会议结束后，他来到她的面前，绅士般地说，能陪我出去走走吗？

可以呀。她毫不犹豫，满口答应，眼睛忽闪忽闪的，清澈如水。

晚上，月色很好，溶溶的月光透过梧桐树，洒下了斑驳的影子，很温馨，很美妙。他俩漫步在校园里的甬道上，谈文学，谈创作，话题渐渐地转移到情感上。

你知道我在想什么吗？他话题一转，突兀地问。

不知道。她显得无动于衷，漫不经心地回答。

你爱我吗？他抬起头，鼓起勇气，眼睛火辣辣地看着她。

你……她愕然地看着他，莫名其妙，你怎么问起这个问题来？

把爱写在诗上是什么意思？他觉得她在故弄玄虚，要打破砂锅问到底。

她迟疑了一下，冷淡地说，你说的是那张信笺吗？是我阅读诗集的一点感受，随意地写下来，夹在诗集里了。

他听了，目瞪口呆，好久回不过神来，缄默不语，久久地凝望她生动而陌生的脸，心中如被蚂蚁吞噬一般。

他怎么也写不出那篇构思已久的小说了。

意　外

　　他和她相逢纯属一次偶然。那一次,他和她受邀参加了一场婚礼。

　　婚礼设在凤凰大酒店,是一个大学同学儿子的婚礼。婚礼很排场,也很气派,宾客很多,纷至沓来。现在生活水平提高了,当长辈的舍得为下一代花钱。

　　他和她同坐在宴席上,彼此一照面,整整愣了十秒钟,深感意外。

　　这不是范丽芬吗?他想,她风韵不减当年,眉梢眼角看上去是那么熨帖。

　　这不是李兴盛吗?她想,他还是那么精神抖擞,风度翩翩,一点也不显老。

　　"你是范丽芬!"

　　"你是李兴盛!"

　　不约而同,他们惊喜地说,双手紧紧地握在一起,互相凝视。

　　"没想到你也来了。"李兴盛和范丽芬几乎又是异口同声地说。

　　这是他们大学毕业后的第一次相遇,喜出望外,热情地寒暄起来。在场的宾客看一眼李兴盛,又看一眼范丽芬,露出善意的笑。

　　李兴盛和范丽芬是大学同班同学。范丽芬是班长,李兴盛是学习委员,彼此有很多联系。大学毕业后,大家各奔前程,杳无音信。没想到,他们竟在分别二十多年后又见面了。

喜宴结束了,李兴盛的脸儿有些红,范丽芬的脸儿也有些红。

李兴盛请求道:"我们出去走走吧!"

"好啊。"范丽芬爽快地说,"我们出去走走。"

灯火阑珊,云淡风轻。街上的行人不多,三三两两,很安静。他们一边走,一边交谈。

李兴盛问:"你毕业后去了哪里?"

"去读研究生了,回来后在本市的一所高校教书。"范丽芬答。

范丽芬问:"你毕业后去了哪里?"

"在本市的机关里工作了。"李兴盛答。

范丽芬问:"当官了吧?"

李兴盛答:"徒有虚名。"

李兴盛问:"当上教授了吧?"

范丽芬答:"名不副实。"

"你知道你在我心中的印象吗?"李兴盛停下来,看着范丽芬说。

"我在你的心中是什么印象?"范丽芬问,眼睛眨了眨。

"梦中情人。"李兴盛说着,微微一笑。

"你知道你在我心中的印象吗?"范丽芬问,眼睛泛着柔光。

"我在你的心中是什么印象?"李兴盛问,眼睛闪了闪。

"白马王子。"范丽芬说着,也是微微一笑。

"你没有主动约过我。"范丽芬呢喃着。

"我不敢。"李兴盛遗憾地说,"追你的人太多了。我怕自不量力。"

110

全民微阅读系列

"我对追求者都婉言谢绝了。"范丽芬认真地说。

"为什么?"李兴盛狐疑地问。

"因为,我心中装着你。"范丽芬坦然地说。

李兴盛默然,看了范丽芬一眼,抬头向远处望,一丝感动写在脸上。

不知不觉,他们来到了一个公园。公园很大,花团锦簇,绿树成荫,还有湖,碧波荡漾。人很多,三五成群,穿梭不息,很热闹。

范丽芬说:"我们坐一会儿吧,有些累了。"

李兴盛说:"好。我们坐一会,歇息歇息。"

他们找了一条长椅子,坐下来。李兴盛掏出香烟,抽出一支,点燃了吸。

范丽芬看着李兴盛抽烟的样子很投入,很优雅,不禁莞尔一笑。

突然,一声惊叫传来:"有人落水了。"

李兴盛腾地站起来,扔掉卷烟,连忙脱下外套,箭一般地向前冲去。

范丽芬也站起来,慌忙跟在李兴盛的后面向前跑。

李兴盛纵身一跃,划出一道优美的弧线,扑向水中,挥动手臂,向落水者奋力游去。

范丽芬站在湖边,气喘吁吁地大声喊:"当心,注意安全。"

围观的人很多,有人打电话,更多的人忙着拍照,摄下这见义勇为的瞬间。

李兴盛把落水者拖到岸边,大家七手八脚地把落水者拉上来。李兴盛见落水者无恙,走回到那条长椅子。范丽芬伴在李兴盛身边,擦去他身上的水珠,把衣服递给他。有许多人跟着围过来,又不停地拍照。

"你没事吧?"范丽芬惊魂未定地说,"真勇敢。"

"我不是游泳高手吗?"李兴盛说,"在大学获过游泳比赛冠军呢!"

"派上用场了。"范丽芬戏谑道,"过几天,你出名了,一个救人的大英雄。"

李兴盛说:"什么大英雄啊？区区小事,谁都能做到。"

李兴盛穿好了衣服,他们留下手机号就告辞了,分别回到了家。

第二天一早,李兴盛刚起床,范丽芬的电话打过来了,语无伦次地说:"怎么会这样啊?"

李兴盛惊讶地问:"什么怎么会这样?"

范丽芬惊慌地说:"你打开网址,看看吧!"范丽芬告诉李兴盛一个网址。

李兴盛打开一看,是本市的一个论坛,上面张贴着李兴盛和范丽芬在一起的照片。范丽芬很温柔地给李兴盛擦身上的水珠。

有一段文字说明,某单位的一个领导,戴着一块名表,带着昔日的恋人,很恩爱地在公园游玩。

留言很多,议论纷纷,大肆渲染,还有人进行了人身搜索,说男的是一位副局长,女的是一位副教授,只字不提李兴盛救人的事迹。

李兴盛看着,眼前发黑,天旋地转一般,喟然长叹:"怎么会是这样呢?"

谁是老板

　　我说的老板是一位老师，貌不惊人，既没有老板的派头，也没有老板鼓鼓的钱包，只因面孔极像某一电视剧中的一个老板，被学生戏称为许老板。有几个胆大的学生竟在他的面前叫他许老板，他不怒不恼地呵呵笑，还与学生逗乐，像老板吗？像，像，随着几声银铃般的笑声传出，学生似翩翩飞舞的蝴蝶簇拥在许老师的周围。

　　许老师是教语文的，除了上课、备课、改作业之外，一有空就与学生泡在一起，做游戏、说笑话、讲故事，虽然已到而立之年，却像一个顽童，与学生玩个没完没了，看不出老师的影子。就是这个老师，受到了学生的爱戴，学生有什么心里话都愿意向他倾诉。学生回到家，与家长谈起老师来，总是说一些许老师的逸闻趣事，弄得家长云里雾里，分不清究竟是说当老师的许老板还是电视剧里的许老板。

　　许老师忙于教学，空余时看看书，听听音乐，偶尔在电脑前写小说，自得其乐。许老师有一位学生，爸爸妈妈离了婚，性格很内向，显得木讷，加上基础差，学习成绩不理想。因此，许老师经常把他带回家进行义务辅导，学生的成绩渐渐地有了起色，乐得家长逢人便夸许老师的好。

　　且说许老师的妻子，长得细皮嫩肉，一副好身材，鹅蛋脸，柳叶眉，杏仁眼，模样俊俏，走起路来娉娉婷婷，很有女人的味道。

她早几年在绣衣厂上班,只因为企业不景气,下了岗,几番奔波,租了一间店面经营文具,当起名副其实的女老板。渐渐地,学生都知道许老师的妻子开了一家文具店。

许老师一心一意忙于工作,对妻子的生意很少过问,照旧隔三岔五带学生回家补课,惹得妻子颇多怨言,一脸的不悦。许老师看在眼里呵呵一笑,不当一回事,仍旧耐心地指导学生。

有一次是双休日,妻子要去进货,许老师到店里帮妻子照料店面。第一次看店,许老师有点难为情,买卖的行当从没有干过,迫于无奈,硬着头皮做起老板来。他发现前来购买的大部分是自己教过的学生,感到奇怪,旁边也有几家文具店,为什么学生偏偏到我这里买?莫非见我在看店,学生不好意思到别处买?许老师寻思开了。几次暗地侦察,状况如故。

有一晚,妻子数着赚来的钱,眉开眼笑,如沐春风,心情很好。这是妻子下岗以后第一次那么开心。看着妻子心花怒放,许老师的心情也愉快起来。老婆,买文具的大部分是学生,他们不会赚钱,你能否在价格上优惠一点。许老师和颜悦色地说。没想到,妻子听了,杏仁眼一瞪,刚才的妩媚烟消云散。亏你说得出口,做买卖的,还怕多赚钱?妻子发了脾气,许老师不愿与妻子拌嘴,闷声不响地拿起书本看起来。

一年半载,许老师妻子的生意如蒸熟了的馒头,膨大起来,越做越旺,钱包鼓起来了,日子也过得滋润。妻子数着一沓沓的钱,脸上绽开了笑容,仿佛盛开的鲜花。

妻子有了钱,把自己打扮得青春勃发,靓丽可人,没有把许老师那点死工资放在眼里,见了许老师总是阴沉着脸,经常嘟嘟囔囔,你从早到晚地忙,能赚多少钱?许老师笑而不语,当作耳边风,默默地干着手头的工作。

妻子白天做生意,晚上邀约朋友搓麻将、进舞厅,潇潇洒洒走一回。许老师看在眼里,急在心头,几次婉言劝说,收效甚微,还遭白眼。你有什么资格管我?撒泡尿照照自己是啥模样。要风度没风度,要情调没情调,整天捧着一本书,简直是一个白痴。嫁给你算我倒了十八辈子的霉,一朵鲜花插在牛粪上。许老师见妻子唠叨不停,皱皱眉避而远之。

过了几年,妻子吵吵嚷嚷要离婚,许老师想想这样下去没意思,丢人现眼,满口答应。

许老师与妻子离婚的消息不胫而走,在校园里掀起了轩然大波。有人为许老师鸣不平,尤其是那些家长更是愤怒,纷纷谴责那女人狼心狗肺。许老师爽朗地说,不勉强,不勉强,强扭的瓜儿不甜。

自从与许老师离了婚,那女人的生意一落千丈,门庭冷落车马稀,除了上缴有关费用,没有多少赚头,难以为继,只好关门歇业了。她哪能明白,谁才是真正的老板呢?

追求浪漫的女人

女人很浪漫,最喜欢看书了,尤其喜欢看情感故事。女人与别的女人不同的是,人家光顾的是商场,女人光顾的是书店。女人除了买一些作为女人要用的日常用品外,零用钱都花在买书报上。可以说,这样的女人在现实生活中真是不可多见。

女人的住房就是书的海洋,不要说书柜上的书了,床头上放着书,桌子上摆着书,连卫生间也会看到书。只要你想看书,每个角落俯拾即是。

每个晚上,女人一有空闲就会随手拿过书报,专拣情感故事看。故事里有缠绵的,也有伤感的,缠绵的故事让她感动,伤感的故事使她悲痛。看到动情之处,女人时而哭时而笑,唏嘘不已。她觉得故事里都有自己的影子,作家写的都是自己的生活。于是,女人把阅读书报当作生活的重要组成部分,手不释卷。

女人看的书多了,故事的影子深深扎在心坎里。女人说:"敢爱敢恨,大喜大悲,这就是生活,这样的生活才是浪漫的。"女人想,谁最浪漫呢?会写文章的人应该最浪漫,要是作者不浪漫怎么能写出一篇篇精彩的故事?

女人开始崇拜文人,说文人神通广大,会编一个个扣人心弦、情感大起大落的故事。女人想,要是我能找到一个会写文章的人做老公多好啊!一生处在浪漫中,非把我美死不可。

女人这样想,也是这样做的。再说,女人容貌姣好,鼻子是鼻子,眼睛是眼睛,身材是身材,漂漂亮亮的,男人见了都会眼馋。苍天不负有心人,女人真的如愿以偿找到了一个会编故事的男人。

夜,公园里凉风习习,灯光璀璨,男人挽着女人的腰,津津有味地编着故事;女人小鸟依人般依偎在男人的身边,听得如痴如醉。男人与女人不由自主扮演起故事里的角色。女人感到挺新鲜、很刺激,自己的生活很浪漫,脸上的笑容灿烂如花。

男人与女人徜徉在公园里说着故事,听着故事,演着故事,一晃两年过去了。

男人说:"结婚吧!我们谈了两年,应该有个结果了。"

女人说:"急什么呀?这样的日子不是很浪漫吗?"

男人不语,瞅着女人,眼神充满了期待。女人笑,狡黠地眨着眼,忽闪忽闪的。

日子一天天过去,男人与女人演绎着生活里的故事,男人不提结婚的事了。男人暗想,不结婚也很好,无牵无挂,跟女人在一起都会产生一个个故事。故事写了,发表了,既有名又有利,是件一本万利的好事。女人经历的故事多了,心里有了疙瘩,见男人不提结婚,几次欲言又止,心里有了失落。

一晃又是一年。那个晚上,男人与女人实践了故事里的内容,女人伏在男人的胸脯上,忍不住说:"我们结婚吧!"女人说的时候,脸上红彤彤的,显得特别妩媚。

男人说:"你不是说不结婚吗?怎么想起结婚了?"

女人瞥了一眼男人,娇嗔道:"你真傻,日夜在一起不是更浪漫吗?"

男人漫不经心地说:"随你了,结婚就结婚。"

男人与女人便结婚了,日日夜夜守在一起。男人不陪女人出去了,男人说:"我要编故事,哪有时间陪你出去讲故事啊!我编故事,你看故事吧!"女人不再说什么,忙的是柴米油盐日常生活,奏的是锅碗瓢盆交响曲,只是忙里偷闲看看男人编的故事。

女人看着男人每天晚上坐在电脑前噼里啪啦地打字,一篇篇故事诞生了。女人看男人编写的故事多了,心里也麻木了,看故事既不激动也不伤悲,故事就是故事,跟生活没有什么联系,觉得日子一点也不浪漫。

追求浪漫的女人跟男人说不到一块儿,小吵天天有,大吵三六九。

男人说:"你这样纠缠不休,我怎么编故事?我们好聚好散,分开过吧!"女人也觉得这样的生活烦腻了,说:"好聚好散,分开过。"

快刀斩乱麻,女人与男人分道扬镳了。

女人与男人离婚的消息一传出,女人的好友觉得不可思议,多么般配的一对夫妻啊!夫唱妇随,怎么说离就离了呢?她们都惊讶不已。

有人问女人:"你们怎么离婚了?"女人淡淡一笑,说:"编故事的男人不浪漫,整日坐在电脑前,毫无一点情趣。再说,一篇篇故事就是敲敲打打编出来的,没有什么神秘,还有什么浪漫可言?爱就爱了,恨就恨了,我现在离了,少了羁绊,有了新的活动空间,不是很浪漫吗?"

人们听着,默然不语,一声喟叹。

捡拾飘落的红丝巾

夕阳染红了江南的小城,我骑着自行车心急火燎地走在回家的路上。一阵狂风刮起,眼前晃动着一束火苗。我定睛一看,是一条艳丽的红丝巾,随着风舞动,飘飘悠悠地挂在高大的树枝间,像调皮的女孩,做着捉摸不透的鬼脸。

一位少妇伫立在那里,手足无措,看着舞动的红丝巾,然后无可奈何地转身而去,仍然不时回过头来,看着那条飘舞的红丝巾,依依不舍,有点失望。

我停下车来,爬上树,拽下了如血的丝巾,飞速地向前冲去,来到少妇的身边,气喘吁吁地说:"这是你的红丝巾。"说完,把手

118

全民微阅读系列

中的红丝巾递给了她。

她转过头来，接过红丝巾，笑着说："谢谢。"一个甜蜜的声音。刹那间，我仿佛触了电，呆若木鸡，一个铭心刻骨的人——婷，我曾经的恋人。她变了，变得丰满了，绰约了，只有清澈的眼睛还保留着少女时代的风韵。几年不见，音讯全无，想不到在名不见经传的江南小城不期而遇。我局促不安，尴尬地站在那里，成了哑巴。看着我的失态，她迟疑了一下，认出了我。"是你呀……"一脸的惊异，飞出两朵红晕。

出乎意料，在夕阳如血的晚上，在我的家乡，一对天涯旅人竟然相逢了。我们默默地对视，奇特的情景引来了过往行人的频频注目。

"到我家坐会儿吧！"我打破了僵局。

"不了，我还有事。有机会再去吧！"她那有神的眼光移开了我，投向前方。

她给我一张名片，要了我的手机号，匆匆地消失在熙熙攘攘的人群中。

回到家，我如坐针毡，心里翻江倒海，怎么也平静不下来，两个女人的身影交叠着，不停地浮现在我的眼前。婷露出迷人的笑脸翩翩地向我走来。就在我神魂不定的时刻，我的手机响了，竟是婷的电话。我一阵狂喜，不假思索打"的士"来到了婷下榻的凤凰宾馆。

我敲开她的房间，婷把我迎了进去，随手泡了一杯茶递给我，说："你看会儿电视吧！我去冲洗一下。"她带上替换的衣裤进了洗手间，"哗哗"的冲洗声，撩拨得我浑身发热。一会儿，婷穿着淡红色的睡衣出来了，一头黑亮的秀发宛如宽大的瀑布，好看的线条得到充分的展示，房间里弥漫着浓郁的芳香。我的喉头发涩,不由地轻咳一下。她冲着我嫣然一笑,端庄地坐在我的对面。

"你什么时候来的?"我问。

"上午刚到。要与一家公司谈判一项合同。"她淡淡地说。

"现在过得好吗?"闻听此言,她轻叹一声,脸上显出一丝阴云,一扫刚才的开朗,哀怨地看着我。

"怎么说呢? 一个人走南闯北,习惯了,也无所谓了。"

"你还没结婚?"我有点惊异。

"离了。"她阴沉着脸,凝视着我,"我真后悔自己当初的软弱。"一声重重的叹息。

我无言以对,陷入了深思,一时的沉默。

婷是我的同学,我们在同一院校念书。她读数学系,我读中文系。在一次学校举行的运动会上,我有幸认识了她。她五官端正,身体健壮,脸色微黑,尤其那双明晃晃的大眼睛,说不出的万种风情,被男生称为"黑牡丹"。几次花前月下的倾情交流,我们产生了恋情,谈起了恋爱。她是局长的千金,我是农民的后代。当她的双亲得知我们的关系,不分青红皂白,棒打鸳鸯两分离。毕业前夕,我们相约在大桥头,她伏在我的肩上,嘤嘤抽泣,楚楚动人。我的心在滴血,说不出的痛。从此,我们劳燕分飞,失去联系……

我不由自主地拉住她的手,放在胸前,故作轻松地说:"人的命运往往不掌握在自己的手中。"

"是啊。"她深有感触地说,"我总忘不了我们在校园的日子,那时的天真烂漫,那时的风华正茂。"说着说着,她闭上了眼睛,陶醉在往日的遐想中,柔软的身子情不自禁地靠近我的臂膀。我的血沸腾了,不停地往上涌,大脑一片空白,呼吸急促起来。看着往日的情人,强烈的冲动使我毫不顾忌地把她拥入怀中,对着丰沛的红唇狂吻起来。

一阵"嘀嘀"脆响,我掏出手机一看,是妻子发来的短信息:天气转凉,别忘了穿衣。我的心一惊,松开了双手,刚才的激情烟消云散,软软地瘫坐在那里。没想到出差在外的妻子,还这样惦记着我,而我无地自容。

婷看着我惊慌失措的模样,吃惊地问:"怎么了?""没什么,我该回家了。晚安,祝你幸福。"我不顾婷的挽留,大步流星地离开了。

走在回家的路上,我仿佛看见妻子那双关切的眼睛,那条飘动在远方的红丝巾。我拿出手机,拨通了妻子的电话。

我在 QQ 凝望着你

左等右盼了半个月,我终于见到了梦寐以求的蓝天。见到蓝天的一刹那,我如久旱逢甘露,精神一振,浑身上下似乎有拔节的声响,说不出的舒坦。面对蓝天,我有满肚子的话儿要说,却不知道从哪里说起,千言万语凝成一句话,我在 QQ 凝望着你。

我跟蓝天是一对知心网友,在网上结识已经一个年头了,有着相同的职业,也有共同的话题。

一年前的一个晚上,我跟丈夫因小事发生了口角。其实也没有什么,长期受到丈夫宠爱的我,忍受不了他对异性的热情,心高气傲的我一赌气,来到了网吧,打开了 QQ 瞎忙了一个晚上。也就在这天晚上,我寻找着一个个网友,看到了一个蓝天的网名,好奇心顿起。我忍俊不禁,思量开了,蓝天和白云(白云是我的网名),多么美妙的景致。我毫不犹豫向他发出了邀请,把自己的一肚子委屈发泄个淋漓尽致。

蓝天也不觉得突兀,很有耐心,一心一意倾听着我的倾诉,偶尔安慰一番,话语很投机,似乎有着相同的经历。蓝天的诚心让我很受感动,心里想,同在屋檐下,抬头不见、低头见的丈夫,还不如素不相识的网友。我仿佛遇到了知己,心像云絮一般轻盈地飘向了蓝天,心窝里的话全掏出来了。于是,三天两头,我们都要在网上相见,谈谈工作,聊聊心事,没完没了。

大概朦朦胧胧的情愫更有魅力,我跟蓝天的聊天从没有觉得枯燥乏味,反而兴致越来越浓。

本来,这半个月,对我来说是个千载难逢的好机会,我的丈夫出差了,原以为可以无拘无束地跟蓝天说个天花乱坠,把自己的相思和盘托出。我曾经幻想过,跟上时代的潮流,跟网友潇洒一回。就在这个节骨眼上,蓝天说不见就不见了,QQ头像都是灰蒙蒙的,千呼万唤也不见他的回音。

今天晚上,我心有不甘地到了附近的网吧,打开QQ,等待着奇迹的出现,左顾右盼依然不见蓝天的身影。

正在我要败兴而归的时候,一声响打破了我的沉思。我抬眼一看,蓝天上线了。真是踏破铁鞋无觅处,得来全不费工夫,我喜出望外,不失时机地发出了问候。蓝天激动异常,频频发来表情,又是接吻又是拥抱,让我幸福得飘了起来。

一晃,夜深人静了,蓝天依依不舍地说:"我累了,想休息。你也休息吧!我们来日方长。"我虽然不舍,但只能作罢,相互问好道安,下线了。

我很失落地回到家,惊讶地发现丈夫出差回来,已经躺在床上了。我洗漱一番钻入被窝,侧着身子,井水不犯河水。

迷迷糊糊中,我似乎听到了来自天堂的呼唤:"白云……白云……"声音如烟如雾,缥缥缈缈,若近若远,宛如空山的回音。我惊醒过来,以为在梦境里。突然,又传来了一声声白云的呼唤。我侧耳倾听,声音是从丈夫的嘴里发出来的。

我意识到什么,花容失色,忍着泪水,悄悄地爬起来,左思右想,做出了一个果断的决定,再也不去网吧。

桃花艳　草莓甜

暮色四合,夜幕低垂。

肖强对小樱说:"明天你去看桃花吗?"每年的春天,肖强都要带小樱看桃花。

小樱说:"不想去。"

"桃花盛开了,粉红粉红的,怎么不去呢?"肖强说。

"累了,待在家里好好休息。"小樱说。

"那你好好休息。明天我去看桃花。"肖强说。

"你去看吧。"小樱说。

肖强脱下衣服睡了,小樱也脱了衣服躺在肖强身边。

暮色四合,夜幕低垂。

张勇对晓芬说:"你明天去摘草莓吗?"每年的春天,张勇都要带晓芬去摘草莓。

晓芬说:"不想去。"

“草莓成熟了，味道好极了！怎么不去呢?”张勇说。

“累了，待在家里好好休息。”晓芬说。

“那你好好休息，明天我去摘草莓。”张勇说。

“你去摘吧。”晓芬说。

张勇脱下衣服睡了，晓芬也脱了衣服躺在张勇身边。

晨光熹微，天高云淡。

肖强一个鲤鱼打挺，三下五除二穿好了衣服，去了一趟洗漱间，又回到床前，轻声说：“小樱，你好好休息，我去看桃花了。”

小樱慵懒地揉了揉眼睛，说：“你去吧，好好玩。”

肖强俯下身，亲了一口小樱，兴高采烈地出去了。小樱拿出手纸擦了脸，侧过身，闭上了眼睛。

晨光熹微，天高云淡。

张勇一个鲤鱼打挺，三下五除二穿好了衣服，去了一趟洗漱间，又回到床前，柔声说：“晓芬，你好好休息，我去摘草莓了。”

晓芬慵懒地揉了揉眼睛，说：“你去吧，摘多些。”

张勇俯下身，亲了一口晓芬，欢天喜地地出去了。晓芬拿出手纸擦了脸，侧过身，闭上了眼睛。

一缕阳光透进窗口。

小樱迫不及待地起了床，来到了窗口眺望，喃喃自语：“真是好春色，阳光明媚，空气清新。他真会挑日子，一个明朗的天，适合摘草莓。”

一缕阳光透进窗口。

晓芬迫不及待地起了床，来到了窗口眺望，自言自语：“真是好春色，阳光明媚，空气清新。他真会挑日子，一个明朗的天，适合看桃花。”

小樱在洗漱间给自己打扮了一下，花枝招展。

晓芬在洗漱间给自己涂抹了一下,光彩照人。

小樱带上手提包,喜洋洋地下了楼,偷偷坐上了他的车,神出鬼没地向着草莓园疾驰而去。

晓芬带上手提包,乐滋滋地下了楼,悄悄坐上了他的车,神出鬼没地向着桃树林疾驰而去。

一路阳光,一路春风,一路欢歌。

草莓园里,满眼是一畦畦呈半圆形的塑料大棚,闪闪发亮。红艳艳的草莓躲在绿油油的藤叶间,像在一片绿缎上点缀着红宝石,丰满圆润,颜色是那么的搭配。

小樱挨在他的身边,喜不自禁,娴熟地摘了一颗颗草莓,吃得有滋有味。

桃树林一片连着一片,桃花朵朵,花瓣上闪烁着晶莹的露珠,挂满绿叶初生的枝头,芳香扑鼻。放眼望去,红的肥,绿的嫩,无边无垠。

晓芬伴在他的身边,倘徉其间,指指点点,喜笑颜开。

一抹晚霞映红了西边,两对男女马不停蹄地满载而归。

小樱满面春风,问肖强:“桃花好看吗?”

“好看。争奇斗艳。”肖强兴致勃勃地说。

晓芬满面春风,问张勇:“草莓好吃吗?”

“好吃,酸里有甜。”张勇兴致勃勃地说。

一年又一年,又是一年春光到。桃花艳了,草莓红了。

小樱毫无顾忌地坐上他的车,去摘草莓。

他说:“草莓好吃吗?”

小樱说:“草莓好吃,吃多了,也腻了。不如看桃花赏心悦目。”

他瞅着小樱,心里黯然,茫然若失。

晓芬大模大样地坐上他的车,去看桃花。

他说:"桃花好看吗?"

晓芬说:"桃花好看,看多了,也腻了。不如吃草莓甜在心里。"

他瞅着晓芬,心里黯然,茫然若失。

这里不得不说,站在小樱身边的他就是张勇,站在晓芬身边的他就是肖强。

99 条短信

张骞大学毕业后被一家报社聘请为记者。张骞喜欢夜里独自在公园的湖堤上散步。他说,夜里散步,一是能够获取第一手鲜活的新闻;二是能够消除一天的劳累。

城市的公园清新亮丽,花团锦簇,一到晚上,凉风习习,火树银花,风景旖旎。虽然游人如织,但没有白天的喧嚣,氛围很好。张骞喜欢那种无拘无束的浪漫情调。

一次,张骞悠然自得地在公园里的一条小径上漫步,与一位姑娘擦肩而过。姑娘不愧是个姑娘,仪态万方,举止大方,美若天仙。张骞匆匆一瞥,姑娘妩媚的笑容就在心里刻下了深深的痕迹,甚至涌出一丝难以言状的遐想。张骞踟蹰着,沉浸在美妙的遐想中,热血沸腾。

"救命啊!有人落水了!"突然,湖堤上传来一声恐惧的尖叫。

张骞从遐想中惊醒,猛地向出事地点奔去,顾不得脱下衣服,一下子跃入湖中。张骞水性好,三两下就把落水者救了上来。张骞定睛一看,发现原来是一面之交的姑娘,惊讶不已,真是巧得很,天助我也,让我做了一件大好事,莫非苍天也要成人之美吗?

姑娘惊魂未定,不停地说着感激的话。

张骞笑眯眯的,深情地说:"不客气。"

姑娘安定了情绪,瞅了瞅张骞,含情脉脉,转身消失在人群中。

张骞和姑娘都会到公园来,而且来得更勤了。在公园相遇时,两人互相问个好,道个安,就像好朋友一样,热情像浸在热水里的水银柱,直线上升。

一来二去,性质发生了变化,张骞和姑娘产生了恋情,频频相约在公园,肩并肩地坐在湖边的椅子上,相互说着知心的话,一串串的话语流淌着柔柔的温情。

张骞凝视着她,壮着胆子说:"我们结婚吧!"

姑娘不觉得意外,笑而不语,明亮的眼睛眨呀眨,风情万种。

"不行吗?"张骞急着问,脸也涨红了。

"只要你答应我一个条件,我就嫁给你。"姑娘狡黠地说。

"你说吧,我都答应你。"张骞说得很豪壮,毫不犹豫。

"给我发99条短信,少一条都不行。在我没有收到99条短信前,我们不再见面。"姑娘说着,笑靥如花。

"那还不简单,到时你别抵赖。"张骞笑得很爽朗。

于是,张骞每晚待在家里,雷打不动,定时给姑娘发短信。张骞不愧是记者,脑瓜灵活,文采出众,写短信是拿手好戏,每条短信写得妙笔生花、情真意切,把自己的情爱寄托在短信上。

姑娘收到短信,看着激情飞扬的文字,显得很得意,捂着嘴

127

豆豆香 枣枣甜

乐,心里美滋滋的。

一个月下来,张骞只发了 30 条短信。这条件也够苛刻的。张骞心里空落落的,见不着姑娘心里很难熬,后悔自己当初的信口开河。也许是职业使然,张骞办事向来循规蹈矩,依然给姑娘发短信,从不提见面的要求。

度日如年,三个月终于过去了,张骞发了 90 多条短信。张骞长长地舒了口气,眼看大功就要告成。

那一晚,月光皎洁,泻在公园里仿佛笼上一层轻纱。张骞因公事经过公园,猛想起发短信的时间到了,步入湖堤边的那条小道上,拿出手机准备发短信。

姑娘也来了,看见他了,惊喜地跑过来,小鸟似的,笑逐颜开地说:"你是准备给我发短信吧!"张骞抬起头,见是姑娘,显得很激动,迫不及待地说:"是啊,我正准备给你发短信呢!你怎么来了?"

"我每个晚上都在公园里散步啊!"姑娘嘟着小嘴,嗔怪道,"你真是一只呆头鹅,只知道发短信。"

"你不是说不发 99 条短信我们不见面吗?我怎么能不守信用呢?"张骞说得理直气壮,眼睛眨巴眨巴的。

"你啊!"姑娘听了很感动,指着张骞的鼻子,爱怜地说,"真是一个名副其实的书呆子,榆木脑袋不开窍!一点也不浪漫。"姑娘扑哧一笑,挽起张骞的胳膊,小鸟依人般地拥着。张骞看着姑娘,眉头紧蹙,没有一丝笑容。

后来,姑娘像往常一样来到公园散步,急切而耐心地等待着张骞的到来,却总见不到张骞的影子。

一个晚上,月光如水,姑娘收到了张骞发来的短信:这是第 99 条短信,表明我的诚意,但是,感情的事儿容不得玩弄的。再

全民微阅读系列

见了。

姑娘看着，一下子傻了。

女人啊女人

我真是倒霉，在单位闹了一肚子怨气，回到家后，老婆为了鸡毛蒜皮的事，又和我吵翻了天。老婆虽然是刀子嘴豆腐心，但那得理不饶人的絮叨让我耳朵都生茧了。我盛气之下摔门而出。

老婆花容失色，气呼呼地说："你是好汉，出去了就别回来。"我懒得理睬，"噔噔"地下了楼。

老天似乎也跟我过不去，不知什么时候下起了毛毛细雨，阴冷的风吹得我一阵哆嗦。我只好缩着身子在一个小巷里转来转去，成了丧家之犬。夜色冷冷清清，我走在绵延悠长的小巷，皮鞋和石板路亲密接触发出"咚咚"的声响，撞击着我的心房，心情更是糟透了。雨渐渐地大起来，瓦片上发出"噼里啪啦"的声响，我手抱着脑袋，狼狈地躲进一户人家的屋檐下。

巷子幽深，朦朦胧胧，两边住着许多来历不明的外来人口，现在全都紧闭房门，不见一丝亮光。路是青石板铺成的，偶尔几个人急急忙忙地走过，发出"笃笃"的钝响，在这寂静的夜晚显得恐怖。我的心"突突"地直跳，要说不害怕，那是自欺欺人，尽管自己是个男人。

再这样待下去也不是办法，天幕似乎结成了一张黑网，雨没有丝毫停歇的意思。夜已经很深了，我也顾不得挨淋，走出了屋檐,冒雨快速地向前走。

　　小巷曲曲折折,走着走着,我似乎感到身后有人跟踪,回头定睛一看,四下里除了模模糊糊还是模模糊糊。这时的我,心里悚然一惊,脑海里闪现出在这小巷里发生的一起凶杀案,那惨不忍睹的场面一幕幕地在眼前浮现。我毛骨悚然,手脚轻飘飘的,可是没有别的办法,只好硬着头皮继续往前走。

　　我心慌意乱,感到紧张和恐惧,不敢回头张望,可是"窸窸窣窣"的响声不绝于耳。我紧走几步,"窸窣"声快速地响,我慢走,"窸窣"声也慢悠悠的。我惊讶不已,莫非有人另有企图? 要谋财害命? 我真后悔自己赌气离家出走。

　　我默默地向前走着,耳朵警惕地倾听,以防不测。大概过了二十几分钟,快要到了巷口,眼前一片光亮,我终于松了一口气。这时,一股浓浓的香水味扑鼻而来,一个女人快步向我走来,将一把小伞举在我的头上,冲我一笑说:"看你,淋成落汤鸡了。"这个出其不意的举动让我犯傻了,定睛一看,女人真是漂亮,小家碧玉一般,玲珑多姿。我强打起精神,豪气万丈地说:"谢谢你的好意,这点小雨算不了什么。"

　　女人笑吟吟地说:"不要逞强了,淋坏了身体咋办?"我要将她一军,轻描淡写地说:"你这么好心,在弄堂里为什么不给我合伞啊?"女人乜斜了我一眼,说:"偏僻的小巷,要是你起了歹心,我咋办?"看着女人的俏皮相,我暗暗地笑了,心里一阵激动。想起妻子怒不可遏的面孔,望着身边小巧的女人,我为自己的出走深感幸运,暗地思忖,要是小巷长些再长些那多好啊,伴着这个女人一直走到天明。

　　我喜出望外,冲着她一笑,说:"谢谢你,你真善良。我们可以随便走走吗?"

女人"扑哧"一声笑，说："你想得真美。要是被熟人看见，捏造个绯闻就玷污了我的一生清白。你以为自己是帅哥啊！"女人的话出乎我的意料，也让我迷惑不解。

"那你为啥和我合伞？"我诧异了，狐疑地问。

"这是我对你的一种感谢。"女人漫不经心地说。

"感谢？感谢我什么？"我越发觉得蹊跷。

"要不是遇上你，走在这个小巷，我非吓死不可。"女人认真地说。

"这跟我有什么关系？你不是怕我是歹徒吗？"我越发不解了。

"有人相伴总比没人好，我观察了一阵，你不是那种人。"女人嬉笑着说。我站在原地回不过神来，原来是这样，我还以为自己交好运了呢！

到家后，我还有点意犹未尽，想起刚才的奇遇，不由得笑了。

妻子看着我惨不忍睹的熊样，随意地问："有艳遇吗？看你湿漉漉的身子。"

我见妻子态度缓和了，便把刚才的经历添油加醋地演绎了一番。妻子的脸色倏然地变了，瓮声瓮气地说："真交桃花运了，怪不得要出去呢！"

我不声不响地瞧着妻子，挤眉弄眼的。霎时，妻子靠过来，轻声柔语地说："下次我再也不跟你赌气吵架了！"看着温柔无比的妻子，我惊讶得说不出话来。

蜜 桃

蜜桃不是桃。蜜桃是一位姑娘。

蜜桃出生时,父亲经营的桃树已经挂满了果实。桃子沉甸甸的,红粉粉的,看上去赏心悦目。父亲看着丰收在望的桃子,心花怒放,对妻子说:"我们给女儿取名蜜桃吧!"

妻子哭笑不得,斜了斜眼,说:"亏你想得出,什么名不能取?偏要取名蜜桃。"

"蜜桃不是很好吗?好看着呢!"父亲眨眨眼,说。

父亲一解释,妻子也不争辩了,犹豫了一下,说:"你是父亲,取名的事儿你做主。"于是,蜜桃的名字就叫开了。

几年过去了,蜜桃渐渐长大,经常跟着父亲在桃园里钻来钻去,逮蜻蜓,捉蝴蝶,不亦乐乎。

夏日里,桃子成熟了,父亲高声喊:"蜜桃,我们去桃园摘桃子。"

蜜桃欢蹦乱跳,拍着手说:"摘桃子去哟。"

父亲挑着箩筐走在前,蜜桃跟在后面,喜滋滋地向桃园走去。

桃园果实累累,枝头挂满了白里透红的水蜜桃,把树枝都压弯了,整个桃园弥漫着扑鼻的香味。父亲拣熟透了的桃子摘,小心翼翼地放进箩筐里。蜜桃在桃园里蹿来蹿去,东张西望,指指点点。蜜桃跑累了,口渴了,拣一个大水蜜桃,在衣服上蹭了蹭,擦去薄薄的绒毛,对着红桃尖咬一口,红润的桃汁便顺着嘴角淌了下来。

父亲眉开眼笑,说:"桃子好吃吗?"

"好吃。"蜜桃奶声奶气地说。

父亲看着,打心眼里喜欢,爱怜地说:"蜜桃,你真像一个桃子!"

蜜桃嘻嘻笑,鬼怪精灵地说:"蜜桃嘛,就是桃子呀!"

父亲乐,蜜桃笑,偌大的桃园里顿时响起了欢声笑语。

蜜桃摘着桃子过了一年又一年,出落成一个人见人爱的大姑娘,鹅蛋脸,大眼睛,柳叶眉,个子高挑,走起路来浑身上下似乎在说话。

村里的小伙子就像桃园里的蜜蜂一样,跟着蜜桃嗡嗡叫:"蜜桃,很馋人啊,我的口水都流出来了,让我尝一口行不?"

蜜桃柳眉倒竖,杏眼一瞪,说:"讨厌,去做你的白日梦吧!"

小伙子捡不到便宜,耿耿于怀,说:"看你张狂到哪里去?"说着,灰溜溜地走了。

那一次,蜜桃跟着父亲到集市上卖桃子,碰上了一位女同学。女同学打扮得很新潮,亭亭玉立,婀娜多姿,像电影里的明星一样。

女同学问:"蜜桃,现在在干啥?"

蜜桃说:"在家里务农呗,帮父亲料理桃园。"

"可惜了你一副好模样。怎么不出去?"女同学说,"外面可好了。"女同学拉着蜜桃的手,如此这般地耳语了一番。

回到家,蜜桃的心就飞了,丢了魂似的,晚上睡觉也不踏实,做了千奇百怪的梦。梦里有高楼,有商场,还有形形色色的人。

蜜桃不愿意去桃园了,即使父亲摘桃子忙,也不帮一手。

父亲说:"蜜桃,你怎么不帮我的忙? 你小时候很喜欢去桃园的啊。"

蜜桃不冷不热地说:"小时候是小时候,现在是现在,世界都变了。"

"你不摘桃子,你要去干啥?"父亲问。

"我要去城里打工。"蜜桃说。

"城里是个花花世界,一个女孩子,能做什么事?"父亲劝说道,"安心在家里管理桃园吧!"

"事在人为。"蜜桃倔强地说,"不出去闯荡,怎么知道我不行?"

经不住蜜桃的执意,父亲同意了。父亲说:"蜜桃,要是外面不顺,你就回家,家里还有父母呢!"

蜜桃告别了父母,跟着女同学去城里打工了。

到了城里,蜜桃感到一切都新鲜,高楼林立,马路上川流不息,大街上火树银花。蜜桃想,不愧是城市,人间天堂!在城里生活一天,胜过在农村生活一年。

可是,要在城里找到一份工作不容易,蜜桃碰了一鼻子灰,过了一个月,才找到了在酒吧当服务员的工作。

谁也没想到,一年没到,蜜桃哭着回来了,任凭父母百般询问,蜜桃一言不发,整天待在家里不出门。

父亲看着蜜桃悲悲戚戚,心痛不已,安慰道:"蜜桃,不要伤心,过去的都过去了,人还能被尿憋死吗?好歹家里还有桃园,日子也能过得去。"

蜜桃在家里沉思默想了好几天,调整了心态,又跟着父亲去经营桃园了,除草、打虫、施肥,一天干到晚,不叫一声苦。

桃树长得茂盛,郁郁葱葱,精神抖擞。蜜桃看着生气勃勃的桃树,心情一天天开朗起来。

蜜桃跟父亲一商量,承包了村里荒废的田地,种植桃树,扩大了桃园的规模。春天里,桃花开了,一朵比一朵开得艳丽,千姿百态,美丽动人。

身处桃树林里,映着粉红的桃花,蜜桃恰似艳丽动人的桃子。

男子汉

男人抬头的刹那,女人的一张俏脸映入眼帘。女人坐在酒吧一个靠窗的位置,茫然地看着窗外。这样的情景已经有好几次了。

女人忧郁的眼神对男人来说太熟悉了。男人忍不住走过去,礼貌地问:“请问旁边有人吗?”女人回头斜了一眼,没有说话,又转过头去看着窗外。男人也不介意,落落大方地坐下,点燃了一支烟,深吸了一口,烟圈一个紧接着一个从嘴里蹦出来,袅袅地扩散。女人轻咳一声,眉头紧蹙,啜了一口茶。

男人意识到了什么,连忙掐灭了烟头,彬彬有礼地说:“不好意思。”

“没关系。”女人说着,眼睛不由得一瞟,便有了光彩。男人不一般,一道剑眉,冷峻、健硕,风度翩翩。

“有什么为难事?”男人关切地问。

女人抿了抿嘴,没有回答,似乎有满腹心事。男人感觉无趣,给自己的茶杯加了水,也给女人倒上。女人一笑,说:“谢谢。”暗想,这个人挺细心的。

"生活有太多的不如意。"男人自言自语,眼睛却不离女人的脸蛋。女人真是漂亮,鹅蛋脸,大眼睛,长长的睫毛,清秀动人。

"是啊。"女人随声附和,却深有感触。

"你怎么一个人?"少顷,女人狐疑地问。

"家里太沉闷了,一个人出来散散心。"男人实话实说。

"家家都有一本难念的经。"女人感慨道。两人沉默了,想着心事。

服务生走了进来,热情地说:"你们需要什么?"

"来瓶红酒。"男人毫不犹豫地说。服务生送来红酒,打开了瓶塞,放在男人的前面,说:"请慢用。"

"何以解忧,唯有杜康。"男人呢喃着,倒了两杯红酒,绛红色的液体,散发出醉人的芳香。

"来,喝杯酒。"男人给女人递去一杯酒,自己抿了一口。浓烈的气味呛得他轻轻地咳嗽起来,因为他平常很少喝酒。女人见了,扑哧一声笑:"亏你还是男人。"说着"咕噜"一声,喝了半杯,一点反应都没有。

女人喝得多,男人喝得少,过了半个小时,一瓶红酒已经是底朝天了。男人模棱两可地说:"我们能再见面吗?"

女人说:"能。"脸就绯红了。

第二次见面是在茶室里,因有了一面之交,男人与女人也不生分了,说话很随意。

男人说:"跟你在一起感觉很不错。"

"真的吗?"女人俏皮地问。

"你不觉得?"男人疑惑地看着她。

"感觉真的很好。"女人又是一笑。笑着的两人情不自禁地把手握在一起,眼睛里燃烧着欲火。女人闭上眼睛,感觉到脸上的热气,那种带有烟草味的热气,全身变得酥软,等待着美妙的一刻。

男人摸着女人白皙的纤手,一遍又一遍,却没有进一步的动作。好久,女人睁开了眼睛,不解地打量着他,似乎打量着外星人。

"我不美?"女人说。

"美。"男人答。

"可是……"女人说出两个字就没有下文了,哀怨地瞅着。男人知道女人的下文,低下头,霎时没了精神,萎靡不振。

女人的眼睛湿润了,似乎受了很大的委屈。男人道歉道:"都是我的错,你回家吧! 你丈夫在等你呢!"

女人翕动着鼻翼,苦笑道:"他不是男人,不需要我。我还没有真正做过一回妻子呢!"

男人明白了,心里震颤了一下,"咯噔"一声响,五脏六腑都是痛,自己何尝不是这样? 男人不知道说什么,他仿佛看见妻子那双忧郁的眼睛。那双无奈的眼神让他忘不了。男人心里咕哝一句:"可爱可怜的女人。"

那天晚上,男人独自坐在家里,妻子上班还没有回来。男人抽了很多烟,一支接一支,烟蒂塞得烟缸满满的。

妻子下班回来了,苦涩地一笑,说:"你怎么还没有睡?"

"我有事对你说。"男人鼓起了勇气,直奔主题。

"时间不早了,有事明天说。"妻子嘴角咧了咧。

男人说:"我想好了,明天我们去离婚。"

"离婚?"妻子疑惑不解,嘴巴好久没有闭上,百感交集,五味杂陈。

"是离婚。"男人果断地说,"我是男子汉,不想拖累你。你应该有自己的幸福。"

男人很坚决，妻子惊讶地看着他，压抑的泪水禁不住汩汩流淌。

翌日一早，他们去民政局办了离婚手续。男人一身轻松地走了，妻子感激地看着他，直到看不见他的身影为止。

男人和那个女人也没有再相见。

新鞋子　旧鞋子

黄丽的情绪发生截然不同的变化，是从下午回家开始的，准确地说，上午就开始萌发了。

早晨的阳光铺满了校园，黄丽的同事李蓉穿着新鞋子兴高采烈地上班了。俗话说得好，人要衣装，佛要金装。穿着新鞋子的李蓉容光焕发，身材更显修长，看上去高雅有气质，风韵不减当年。

到了办公室，李蓉时不时地抚摸着新鞋子，爱不释手。新鞋子款式新颖，质地考究，光滑得似乎擦过油。李蓉越看越惬意，脸上始终荡着笑。

同事们看见了，惊喜地问："李蓉，什么时候买的新鞋子？怎么没听你说过？"

李蓉笑而不语，转而问："怎么样？"说着，站了起来，一个旋转，做了一个优雅的造型。

同事们围过来，左右打量了一番，说："真漂亮，有眼光。哪里买的?"

"我家男人买的。我也不知道。"李蓉得意地轻启红唇,幸福写满了白皙的脸庞。

黄丽羡慕不已,说:"你家的那位真好,懂得怜香惜玉,体贴人呢!"说着,默默地回到了自己的座位上,心里掀起了波澜,暗自狠狠地骂自己的老公没有情趣,不懂情调。

黄丽无精打采地回到家里,颓然地坐在客厅里的沙发上,黯然神伤。老公怎么如此不解人情?结婚十几年,从没有给自己买过礼物。自己好几次暗示,老公始终无动于衷,一点感觉都没有。他怎么不像别的男人?看人家的男人,多会生活啊!更让黄丽耿耿于怀的是,一次黄丽陪着老公买衣服,突然看到了一件衣服,颜色鲜艳,款式大方,一见就喜欢上了,依依不舍,一步三回头。老公局外人一样,不闻不问,置之不理,大步流星地向前走。

黄丽愤愤然,眉头似乎上了一把锁,人家夫妻恩恩爱爱,日子过得像芝麻开花;自己生活索然寡味,白开水一般。黄丽说不出的嫉妒和怨恨。

老公回来了,看着黄丽木木地坐着,心里犯嘀咕。

老公诧异地问:"黄丽,你怎么了?遇到不开心的事了?"

黄丽不理不睬。

"身体不舒服吗?"老公急切地问。

黄丽依然是不理不睬,眼神漠然。

"究竟怎么了?"老公耐不住地追问,"有什么就说啊!不要憋着。"

黄丽冷冰冰地抬了抬眼皮,自言自语:"人家的老公多好啊!可你一点也不在乎我。"

"我不在乎你?说来听听。"老公一本正经地说。黄丽道出了原委。

老公一听，"扑哧"一声笑了，说："区区小事，用得上你大动肝火吗？我给你买就是了。"

一次，老公出差回来，果然带来了一双鞋子，价格不菲呢！

老公一进门，喜滋滋地说："黄丽，我给你买礼物了，一双新鞋子，算是将功补过了。快来穿上试试。"

黄丽眼睛一闪一闪的，兴奋地说："真的给我买鞋子了？"

"还有假吗？"老公说着，拿出了崭新的鞋子，递给黄丽。

黄丽穿着鞋子，不大不小，正合适。黄丽快乐得像一只小燕子，在客厅里走来走去，踩得大理石地面"砰砰"作响。那有节奏的步伐宛如一首刚劲有力的赞歌，清脆悦耳。

黄丽穿着新鞋子上班下班，脸上整天挂着笑，感觉自己很体面，很有精神，外面的世界忽然间变得焕然一新。

奇怪的是，黄丽新鞋子穿了十几天就没穿了。

老公好生困惑，问黄丽："新鞋子怎么不穿了？挺漂亮的啊！"

黄丽若有所思地说："穿着旧鞋子随便呢，不用保养。"

半晌，黄丽哀愁地问："你只给我买过鞋子吗？"

"我还能买给谁啊？"老公莫名其妙地说。他觉得黄丽有点神经质。

黄丽伤感地说："实话告诉你吧！我的同事李蓉离婚了。李蓉的老公有了外遇，上次给李蓉买的鞋子，是老公给情人买的鞋子，由于不合脚，才送给李蓉的。"

老公听着，懵懵懂懂，一愣一愣的，站在身边犯迷糊，女人啊，真是不可思议。

请你合个影

那是一次偶然，我看到了几个同事跟美女的合影照。

端详着同事跟美女的一张张合影照，我佩服得五体投地。这些美女个个青春靓丽，打扮得花枝招展，怎么看怎么喜欢。我心里想，他们怎么有这样的能耐，把一个个美女吸引到身边？要是我也能像他们那样，有个美女跟我合个影，也不枉为一个男人了。

我羡慕地对同事说："美死你们了，家有娇妻，外有美妞，真是神仙般的生活。"

一个同事眨了眨眼，说："谁让你不去旅游啊！这样的好事你失去了。"

我好生蹊跷，疑惑地问："这跟旅游有什么关系？"

"这个嘛……"另一个同事卖起关子，没了下文。大家挤眉弄眼、神神秘秘。我也不好意思追问，心里思量开了，下次单位组织旅游无论如何都要参加。

机会终于来了，今年国庆节，单位组织员工去云南旅游，我一马当先报了名。

来到了云南大理，理所当然要去蝴蝶泉游览。听别人说，《五朵金花》的电影就是在那个地方拍摄的。

我们的旅游车还没有停稳，耳畔传来了"大理三月好风光，蝴蝶泉边好梳妆……"的旋律，惹得我脚底痒痒的。我三步并作两步，兴致勃勃地向蝴蝶泉走去。

来到蝴蝶泉，周围全是熙熙攘攘的游人，指指点点，说说笑笑，来回穿梭忙着拍照，个个笑逐颜开，兴奋不已。

蝴蝶泉名不虚传，色彩斑斓的蝴蝶成双成对地上下翻跹，目不暇接，引来了一阵阵喝彩声。我也被蝴蝶泉的景致所陶醉了，连说带比画，兴致勃勃。

"大哥，要合影吗？"突然，一个甜甜的，软软的声音传过来。我回头一看，一个身着艳丽的白族服饰的姑娘，冲我一笑，那眼神流光溢彩，把我的魂儿都勾走了。

"你问的是我吗？"我激情满怀，有点词不达意了。

"是的，大哥。我们合个影吧！留个纪念，难得来这里旅游一次。"姑娘笑盈盈的，眼神充满了期待。

天上掉馅饼了，没想到美女主动要跟我合影。想起同事的合影照，我觉得自己的魅力真不错呢！第一次出门旅游就有艳遇，我那个得意劲就甭提了。

我一转念，心有余悸，犹犹豫豫，要是妻子知道我跟美女合影，她的醋坛子非砸碎不可，日子就不是日子了。

"大哥，不就是跟你合个影吗？怕什么呢？"姑娘的眼睛一闪一闪，脸上始终荡着笑，向我轻轻地靠过来。我分明闻到了女人身上散发出来的别有韵味的体香。

我心猿意马了，眼神开始迷离。我鼓起勇气说："好，我们来一张合影照。"

姑娘亦步亦趋跟着我，一点也不嫌烦。我观察了四周，选了一个景点，拿出自己的数码相机，请求旁边的一个游客帮我拍了好几张不同造型的合影。

看着合影照里那姑娘清秀的脸庞，苗条的身材，小鸟依人一样，我喜上眉梢，觉得自己很风光，有资本在同事面前炫耀炫耀了。

我装作斯文的样子说:"姑娘,谢谢你。"说着,把一包零食递给姑娘,算是报答。

"怎么感谢我呢? 应该我感谢你才是。"姑娘笑吟吟地说,很出乎我的意料。

"为什么?"我诧异地问。

"这是我的工作啊!"姑娘笑得花枝乱颤。

"你的工作?"我脑子里一片云雾,愣怔地看着姑娘。

"大哥,不逗你玩了。我还要去工作。你就付给我出场费吧! 五十元。"姑娘毫不犹豫地伸出了一双纤手。

"拍几张合影照就要五十元?"我大惑不解,解嘲道,"你的出场费还不错呢!"

姑娘毫不在意,轻柔地说:"这是市价,要是还有便宜的,多余部分退还给你。我们干这一行也不容易,是讲规矩的。"

姑娘的话让我好奇,我打破砂锅问到底:"你们这一行到底是干什么的?"

"快乐使者。"姑娘狡黠地一笑,见我发窘,接着说,"不瞒你了,实话告诉你,我们就是专门跟你们游客合影的啊! 简单地说,就是陪拍。"

我如梦初醒,暗自好笑,三十六行,竟有陪拍这一行呢!

我心里有点不是滋味,想想姑娘给我带来了愉快,心里也释然了,心甘情愿地掏出了钱。姑娘接过钱,又是冲我一笑,跟我挥挥手,袅袅娜娜地向前走去。

狗儿叫　猫儿跳

小区里,月色朦胧,夜色深沉。

狗是一只小狗,一身的纯白。猫是一只小猫,一身的斑斓。

小狗"汪"的一声叫,挣扎着向前冲去。小猫"喵"的一声叫,挣扎着要跳出来。

小狗没有冲出去,一根铁链把它的脖子套住了,男子使劲一拉,小狗无奈地倒退着折回来。

小猫没有跳下来,一双纤手把它的身子抱住了,女子使劲一夹,小猫无奈地蜷缩着身子。

小狗似乎受到了委屈,向小猫叫了几声。小猫似乎受到了委屈,向小狗叫了几声。

男子说:"叫什么叫?它又不是你的同伴。"小狗被呵斥,不再叫唤了。

女子说:"叫什么叫?它又不是你的同伴。"小猫被呵斥,不再叫唤了。

男子望了一眼女子。女子望了一眼男子。

男子说:"你住在这个小区?"

"是的。"女子答。

女子问:"你住在这个小区?"

"是的。"男子答。

男子牵着小狗在小区里溜达。女子抱着小猫在小区里溜达。

男子想,稀奇,抱着猫儿溜达。

女子想，俗气，牵着狗儿溜达。

……

公园里，月色朦胧，夜色深沉。

狗是一只小狗，一身的纯白；猫是一只小猫，一身的斑斓。

小狗"汪"的一声叫，趁着男子的疏忽，箭一般冲了出去。

小猫"喵"的一声叫，趁着女子的大意，扑腾着跳了下来。

"小白。"男子亲切地唤。

"小花。"女子亲切地唤。

男子和女子不约而同地向前跑去。男子和女子碰上了。

男子说："真有缘，在公园见到你。"

女子说："真有缘，在公园见到你。"

"你干什么?"男子问。

"我找小猫。"女子答。

"你干什么?"女子问。

"我找小狗。"男子答。

男子一抬头，说："小猫在这儿呢!"

女子一抬头，说："小狗在这儿呢!"

男子和女子互相打量，闪出一道电，发出会心的笑。

小狗和小猫躲在草丛中，小狗叫一声，小猫跳一下，尽情地玩耍。

男子说："让它们玩吧!"

女子说："让它们玩吧!"

男子和女子坐在旁边的一条铁椅上，开始了漫无边际的闲聊。

……

卧室里，灯光朦胧，环境迷离。

狗是一只小狗，一身的纯白；猫是一只小猫，一身的斑斓。

小狗一声叫，小猫从沙发上跳了下来。

男子说："小白，别叫了，乖乖地待着。"

女子说："小花，别跳了，乖乖地待着。"

小狗和小猫乖巧地伏在一起。

小狗不叫了；小猫不跳了。

男子看着女子，眼神有了暧昧，说："你的小花很温顺呢！"

女子看着男子，眼神有了深情，说："你的小白挺机灵呢！"

男子和女子又靠近了一步。

"想了吗？"男子问。

"想了。"女子答。

女子问："玩玩吗？"

男子答："玩玩吧！"

男子和女子缠绵在一起，滚倒在席梦思床上。

小狗惊讶了，叫了一声。小猫惊讶了，跳了一下。

男子和女子很投入地玩玩，一切都感觉不到了。

……

小区里，月色朦胧，夜色深沉。

狗是一只小狗，一身的纯白；猫是一只小猫，一身的斑斓。

小狗"汪"的一声叫，挣扎着向前冲去。小猫"喵"的一声叫，挣扎着要跳出来。

小狗没有冲出去，一根铁链把它的脖子套住了，男子使劲一拉，小狗无奈地倒退着折回来。

小猫没有跳下来，一双纤手把它的身子抱住了，女子使劲一夹，小猫无奈地蜷缩着身子。

小狗似乎受到委屈，向小猫叫了几声。小猫似乎受到了委屈,向小狗叫了几声。

男子说:"叫什么叫? 它又不是你的同伴。"小狗被一呵斥,不再叫唤了。

女子说:"叫什么叫? 它又不是你的同伴。"小猫被一呵斥,不再叫唤了。

男人和女人互相瞅了瞅,一言不发,冷冷地向前走去,形同陌路。

男子牵着小狗在小区里溜达。女子抱着小猫在小区里溜达。

男子愤愤地说:"还好意思抱着猫儿溜达,骗了我的钱。"

女子轻蔑地说:"还好意思牵着狗儿溜达,一个穷光蛋。"

这是咋了

大千世界,无奇不有。这句话在葛布立身上应验了。

近几天,葛布立走在大街小巷,引来了频频的回头率,有人冲他笑,有人痴痴地看,个个显得毕恭毕敬,很虔诚,好像有恩于他们。当然,也有人向他吹胡子,瞪眼睛,视同仇人。葛布立每每想起都会掩鼻而笑,真是怪事。

这不,今天一早,葛布立仍然像往常一样到公园里去锻炼。一个"仙人指路"还没有亮出,人们的眼睛就像探照灯不停地在他的身上扫射,有人指指点点,窃窃私语,神色很是怪异,意味深长。葛布立哪能禁得起成为众矢之的,脸色发红,手脚发软,浑身不自在,诚惶诚恐。

是自己的装束有点另类，还是自己的相貌有损市容。葛布立嘀咕着，也没有心思锻炼了，落荒而逃。他急急地赶回家，在镜子前前后左右地照，并没有发现什么不雅。

吃了早餐，葛布立想起妻子的交代，让他到办事中心去领妻子的身份证。葛布立吸取在公园里的教训，精心做了一番打扮，晃悠着身子来到了宽敞的办事大厅。

大厅里宽敞明亮，明晃晃的大理石地面清晰地映着人的倒影，人不多，暖洋洋的，丝毫感觉不到冬天的寒意。工作人员互相打情骂俏，自由自在，神态各异，惟妙惟肖。

葛布立进来了，霎时，大厅里鸦雀无声，仿佛接到了命令似的，所有的工作人员停止了说笑，一本正经地站着，恭恭敬敬的模样，眼光齐刷刷地向他投射过来。葛布立从未经受过这样高规格的待遇，不禁面红耳赤，心脏剧跳，仿佛成了过街的老鼠。

葛布立定了一下神，硬着头皮，来到了领取身份证的窗口。窗口里站着一位妙龄女郎，很秀气。她凝视他片刻，脸上洋溢着灿烂的笑，露出整齐洁白的牙，恰似一块洁白无瑕的美玉。她的眼神太有魅力了，勾魂摄魄，葛布立的心似乎被淘空了。葛布立不禁春心荡漾开来，昂首挺胸一副男子汉的架势，踌躇满志。

葛布立抚摸了带有少女气息的身份证，背着双手，踱着方步，在大厅里转了一圈，潇潇洒洒，感觉良好，惹得工作人员男男女女成了仪仗队，不是向他点头就是冲他微笑。那个感觉葛布立活了半世也没有享受过。葛布立趾高气扬了，表情更加丰富。

下午，葛布立来到了商场给儿子买文具，一个素不相识的人擦肩而过向前走了，突然又回过头来眯着眼睛看，看着看着，脸色不好看了，充满了愠怒，还使劲吐了一口痰，方解心头之恨。这是咋了，我没有冒犯你，祖宗十八代也跟你没有瓜葛，你发什么神经？今天怎么这样奇怪？葛布立暗自思忖，不与他计较，来到了卖文具的柜台。

柜台里站着一位中年妇女，葛布立上次来买钢笔的时候，已经领教过她的厉害，说她有多尖酸就有多尖酸，说她有多刻薄就有多刻薄。今天怎么又遇上她呢？真是活见鬼。葛布立不免有点紧张起来。

中年妇女瞅了瞅，脸上倏然变得和善了。她帮他挑选各种计算器，一一解释各种型号计算器的性能，真是热情、耐心、细致、周到。此一时，彼一时也，葛布立刚才担惊受怕的心情烟消云散，心里暖乎乎的，受宠若惊。

晚上，葛布立坐在沙发上，抽着烟，喝着茶，今天的经历像慢镜头在眼前浮现。太莫名其妙了，太不可思议了。嘿，看来我要交好运了，要旧貌变新颜了。葛布立沉浸在美好的遐想里，脸色生动起来。

"妈妈，快来看。爸爸上电视了！"儿子甜润的嗓音出其不意地传了过来，打破了葛布立的遐想。

"真的吗？我来瞧瞧。"妻子惊喜了，手忙脚乱地撩起围裙擦着手中的水，凑到了电视机前仔细地看。

"真是你的爸爸吗？"妻子问，不停地揉着眼睛，只怕自己看错了。

葛布立被妻子的问话惊得诧异了。他往屏幕上一看，一个中年人正在热情洋溢地讲着话。葛布立说："这是刚上任的市长。"

妻子看着葛布立，又看了看屏幕上的市长，喃喃自语："真像，真像！"

母子俩爽朗地笑了，葛布立却怎么也笑不出来。他如梦初醒，情绪一落千丈。

经　验

正当我从舞台上走下来,还没有缓过气的时候,同事李丽萍凑过来笑着对我说:"唐晓婉,你也来演艺吧了,轻歌曼舞,才艺不错啊!"

我喘了口气儿说:"献丑了,随便玩玩。"

李丽萍话题一转,神秘地说:"唐晓婉,你有什么预兆吗?"

我瞅了瞅李丽萍,不可思议地问:"预兆?什么预兆?"

李丽萍鬼灵精怪的,轻声地说:"我断定,董妮家庭出现了危机。"我摇头,一笑而过。

"骑驴看唱本——走着瞧。"李丽萍见我无动于衷,丢下一句话就走了。

鬼才相信呢!董妮何许人也,熟悉的人都知道,她的小日子过得和美着呢!夫妻感情比山高比海深,单位里的人都知道,怎么会出现危机?不说别的,单说董妮的表现,一下班就按时回家。要是家庭出现危机,还能那么顾家?

我把李丽萍的话当作耳边风,转过头来兴致勃勃地看着舞台上别出心裁的节目。

过了几天,李丽萍又对我说:"唐晓婉,是否看出董妮异样的苗头?"

"异样的苗头?董妮不是跟往常一样吗?"我觉得李丽萍小题大做,漫不经心地回答。

"董妮的举动反常呢！你看不出来？"李丽萍自言自语，"她也常来演艺吧玩了，很投入的。"

李丽萍这一说，我想起来了。

前几天，办公室掀起了上演艺吧的热潮。一落夜，姐妹们三五成群相约去了演艺吧。我也禁不住诱惑去了一趟。不看不知道，一看真奇妙。演艺吧里各色各样的人物，自由自在地表演着自己拿手的节目，唱唱歌，跳跳舞，玩一点小魔术，甚至有人玩起模仿秀。董妮就是其中的一个，靴子一穿，礼帽一戴，走几步八字步，惟妙惟肖模仿起卓别林滑稽的动作来，惹得我们肚子都笑痛了。这跟家庭危机有什么相干？风马牛不相及嘛！李丽萍就是喜欢瞎琢磨，尽说些不可理喻的话。

我为董妮抱不平，说："大家都玩了。演艺吧轻松随意，气氛融洽，何乐而不为？"

李丽萍冷冷地瞥了我一眼，阴阳怪气地说："你不懂，以前董妮参加过娱乐活动吗？"

这倒是事实，以前，办公室男男女女津津乐道地说着去哪里玩，唯独董妮不顾不问，稳坐钓鱼台，闷声不响。记得一次，我邀请她去看一场风靡一时的电影，都被她婉言谢绝了，说家里忙，去不了。说穿了就是在家陪老公嘛。

"现在，玩乐也疯狂。一说到去演艺吧，跃跃欲试。这不是有名堂？"李丽萍接着说。

李丽萍这么说，我也无言以对了。但是要说董妮家庭出现危机，打死我也不会相信。

日子在说说笑笑中度过，董妮的家庭变故也没有发生。我觉得李丽萍太神经过敏了，也把她的话当作儿戏，置之脑后。

可是，那一晚，我从演艺吧里出来，看到大家都在议论纷纷，神情捉摸不透。

我好奇地问:"你们都说些什么? 让我也享受一下。"

李丽萍拉过我说:"董妮跟老公离婚了。我说的一点也不错。"李丽萍的话似一个闷雷,把我击晕了。

我心里一阵惋惜,叹息道:"怎么会这样呢? 说离就离了,一点迹象都没有。"

"我不是告诉你了吗?"李丽萍得意地说,"狐狸尾巴早已露出来了。"

我猛地想起李丽萍的话,匪夷所思地问:"李丽萍,你怎么这么有把握啊?"

刹那间,李丽萍花容失色,凄凄惨惨的样子,唉声叹气地说:"我有经验啊! 以前你们也不是说我夫妻恩爱吗? 到了演艺吧后,就身不由己了。"

我的心一沉,不知如何是好,我也迷上了演艺吧,是玩还是不玩? 我不敢想象,加快了脚步,急急匆匆地向家里走去。

一只粉色乳罩

文欣出差很顺利,提前回来,到了居住的小区,不由得抬头望了一眼自家的阳台。这一望不打紧,一样东西在眼前晃了一下。文欣揉了揉眼睛,那是一只粉色的乳罩,挂在阳台里的不锈钢管上,随着微风轻轻地飘荡,很有挑衅的味道。

文欣心里"咯噔"一声响,有了抽搐的感觉,自己出差一个星期,哪来的粉色乳罩?再说,自己用的粉色乳罩还在行李箱里呢!文欣想着,头重脚轻,身子似乎成了一片树叶,开始飘浮起来,爬楼梯也没有一点力气。

文欣黯然地进了房门,随手把行李一放,忙不迭地开始搜查,从卧室到卫生间,一个不落地检查过去,寻找蛛丝马迹,然而一切井井有条,没有一丝异常。

阳台里的一只乳罩宛如一块石头,堵得她心里慌慌的。文欣迈动着沉重的双腿,一蹶不振地来到了阳台,看着乳罩愣怔。这是一只质地考究的乳罩,做工精细,色彩艳丽,图案大方秀气,款式时尚。文欣知道,这是一只价格不菲的乳罩。

太阳西斜,殷红的阳光照在乳罩上,给乳罩镶上了一道金边,发出耀眼的光泽,刺得眼睛发痛。文欣顾不得身体的疲惫,落寞地斜靠在沙发上闭目养神。

柳一泉下班回来了,见到了一身疲乏的文欣,惊喜地说:"文欣,你回来了?"文欣从蒙眬中惊醒过来,看到自己的丈夫站在面前微笑。

文欣冷冷地说:"回来了。"

"怎么不给我打个电话?"柳一泉关切地问。

"大白天的,我就自己打的回来了。你的工作那么忙。"文欣附和道。柳一泉是一家公司的总经理,早出晚归,一整天陀螺般地转。

"到床上休息吧! 看你累的。"柳一泉说着,过来抱文欣。文欣身子一扭,蛇一样脱离了柳一泉的双臂。文欣站着,眼睛一眨也不眨地打量着柳一泉,没有一点笑容。

柳一泉认为妻子累了耍脾气,没有觉察到表情的异样,笑呵呵地说:"一个星期不见就陌生了?"

文欣没有正面回答,话题一转,说:"阳台里的乳罩哪来的?"

柳一泉慢悠悠地说:"哦,我也不知道是谁的,掉在阳台里有几天了。"

"怎么没有人来取?"文欣问。

"我也不明白,特地把它挂起来呢!"柳一泉如实相告。

文欣瞅了瞅柳一泉,不再说话。

一连几天,乳罩还是无人问津,文欣就把它收藏好。

那一天,文欣正在做饭,门铃响了。文欣打开门一看,眼前是一位似曾相识的少妇,亭亭玉立,丰韵别致,尤其是那双乌黑发亮的眼睛流光溢彩,很有女人味。

少妇眯眯笑,说:"柳夫人,你回来了?"文欣霎时愣住了,皱了眉,心里活络开了,她怎么知道我不在家? 又怎么知道我回来了? 文欣心里敲着鼓,嘴里却问道:"有什么事吗?"

少妇彬彬有礼地说:"不好意思打扰你,我住在五楼,我的那只乳罩掉到你的阳台了。"

文欣说:"是你的啊! 我拿给你。"文欣擦净了手上的油渍,拿出乳罩递给了少妇。

少妇接过乳罩,说声"谢谢"就走了。文欣"砰"的一声,关上了门。

不一会儿,柳一泉哼着小调回来了。文欣瞟了一眼柳一泉,若无其事地说:"乳罩被主人拿回去了。"

柳一泉问:"谁的?"

"五楼的。"文欣说,"是一位很有姿色的女人啊!"

"原来是春芳啊! 东西掉了也不前来拿。"柳一泉慢条斯理地道。

"你们认识?"文欣惊愕地问。

"怎么不认识？她是我们公司的出纳。"柳一泉嬉笑着说，"我们经常在一起的。"文欣不吱声，神情有点复杂，继续张罗饭菜。

第二天，柳一泉跟春芳不期而遇。柳一泉调侃道："春芳，真有你的，东西掉了也不来要。"春芳脸儿一红，轻悄悄地说："你一个人在家，不方便呢！"说着捋了一下刘海，掩饰着自己的窘态，娉娉婷婷地走了。

住在三楼的文欣没有摆脱乳罩的阴影，想起自己以前经常捡到楼上飘落下来的衣裤，有男式的也有女式的，前来认领的大都是女性。文欣没有想到，老公的女同事就住在楼上。

后来，经常出差的文欣不再出差了，按部就班地上班下班，生活极有规律，这让柳一泉百思不解。

柳一泉好奇地问："文欣，你怎么不出差了？"

"你希望我出差？"文欣瞪大了眼睛。

"以前你不是经常出差吗？"柳一泉眉开眼笑的。

文欣狡黠地说："领导把我的工种换了，就不出差了。"

"为什么啊？"柳一泉糊涂了。

"需要什么理由吗？这样不是挺好？我可以日日夜夜陪着你，让你一心一意干事业。"文欣意味深长地说。

柳一泉呵呵笑，摸着后脑勺，心里琢磨不透。他怎么知道藏在妻子心里的秘密呢？

美女恋上我的床

这是一张木板拼成的床,狭窄、硬实,摆放在用钉子固定的木架上。只要稍微动一动身子,床就"咯吱咯吱"地呻吟,让人牙齿发痒发酸。

就是这样一张简易的床,阻挡不了我的美梦,伴我走过风风雨雨的每一天。

今天中午的时候,晴朗的天空忽然黑云翻滚,狂风大作,一阵电闪雷鸣过后,噼里啪啦下起了倾盆大雨。

突然的天气变化,工地只好停工了。一身疲惫的我,匆匆地吃过中饭,不管三七二十一,仰躺在床上呼呼大睡,畅游在梦境里。

明镜似的湖,碧波荡漾,映着岸边婀娜的柳枝,满眼的绿色将美丽的湖点缀。

一个年轻貌美的女子,亭亭玉立,仿佛湖边的柔柳,害羞地向我走来。我伸开双臂,向着姑娘扑去。就在我抱住姑娘的刹那,姑娘"嘻嘻"一声欢笑,从我的眼前倏然消失了,抱在我手里的却是一根冰冷的水泥桩。

恍惚间,"美女恋上我的床"的声音渺茫地响在我的耳畔。这是谁的声音,美女怎么恋上了他的床? 我一急,醒了,揉了揉蒙眬的睡眼,发现杨海松站在我的身边,直直地看着我,我才知道自己原来在梦里。

我一个鲤鱼打挺，从床上坐了起来，冲着杨海松直眨眼。

我问："杨海松，你刚才说话了吗？"

"美女恋上我的床。"杨海松冲着我"嘿嘿"地傻笑。

我迷迷糊糊的，说："杨海松，你再说一遍。"

杨海松提高声音说："美女恋上我的床。"

"杨海松，你真逗啊，开玩笑也不打腹稿。"我说，"你这张破床也会让美女恋上？"

杨海松又加重了语气说："美女恋上我的床。"

杨海松是我的工友，跟我一样来自山旮旯儿，为了谋生，到城里打工来了。他黝黑的皮肤，魁梧的身子，肌肉很发达，一看就是卖力气的。再说，杨海松的床，是从一个小区捡来的。

那个下午，我们收工回来，经过一个小区，看见一个垃圾箱旁边丢弃着一张席梦思，破旧、龌龊、瘪嘴瘪脸的，海绵都露出来了。

杨海松一见，似乎看到了宝贝一样，两眼放光，二话没说，背起席梦思，返回租住的小屋，放在木板床上，稍作拾掇，用作安身了。

我呵呵一笑，调侃道："杨海松，你那张破席梦思，跟狗窝差不多，能让美女恋上？"

"美女恋上我的床。"杨海松不在意我的挖苦，执着地说。

见杨海松说得郑重其事，我心里酸溜溜的，有了妒忌。人不可貌相，这小子艳福不浅，有什么能耐让美女恋上他的床？

我们这些打工仔，虽然处在青春年华，却过着日出而作日落而息的生活，哪有资格谈情说爱，在这个远离家乡的喧嚣城市，有哪位姑娘愿意跟我们拍拖？我们挤在闷热的地下室，发泄着身上荷尔蒙的冲动，一边闻着一身的汗臭味，一边津津乐道地说着杂七杂八的黄段子，望梅止渴般弥补心中的孤寂和企盼。

没想到，我的工友杨海松，竟有美女恋上了他的床，可见他的神通多么广大，多么风光。我在城里打工了几年，连女人的体香都没有闻过。相比杨海松，我自惭形秽，不禁妄自菲薄起来，黯然地钻进被窝犯傻。

"美女恋上我的床。"杨海松又不合时宜地说起来，眼神显得迷茫、空洞，口水都流出来了。

我定睛一看，发觉杨海松今天有些异样，言谈举止不太正常，眼神直勾勾的。

我关切地问："杨海松，你没事吧！"

"美女恋上我的床。"杨海松喃喃着，痴痴呆呆的，用力地把我从床上拽了起来，慌不择路地带我来到了他租住的地下室。

我一看，惊讶不已，杨海松的床上凌乱不堪，一张张姑娘的照片撒满了一床。我捡起来一看，姑娘长得标致，是杨海松在乡下的恋人。他曾经幸福地跟我说过。

"怎么回事？"我瞪大了眼睛问。

"美女恋上我的床。"杨海松结巴着说，泪水在眼眶里直打转，让我的鼻子酸酸的。

此后的日子，在城市灯红酒绿的地方，彳亍着一位穿得邋遢的青年，看着貌若天仙的女人傻笑，嘴里不停地嘟囔："美女恋上我的床。"

我不说大家也知道，这个青年就是杨海松。他的恋人嫁给了一位大款，跟他分道扬镳了。

股评家

我说的股评家,就是葛浩楠。

葛浩楠是我们的同事,在我们圈子里,他是个风云人物。

说他是风云人物,不是假的,有真凭实据。他会炒股,对股市行情分析得入木三分。我们跟在他的后面,生活状况改善了许多,个个活得有模有样。

以前,我们也不知道葛浩楠有这个能耐,他藏得深,不露蛛丝马迹,只感觉到他神神秘秘、匆匆忙忙,很另类而已。如果葛浩楠不买车,如果葛浩楠不买房,我们至今还蒙在鼓里。

一个工作人员,赚的工资大家心中有数,偏偏葛浩楠像个暴发户,又买车又买房,富得流油,让我们刮目相看,也让我们不可思议。

我们一商量,决定揭开葛浩楠的秘密。

在一次聚餐中,我们费尽心机,采用连环计,把葛浩楠灌了个酩酊大醉。在我们轮番进攻下,葛浩楠醉眼迷离,老老实实地说出了真相:葛浩楠在我们不知道股市是何物的时候,就已经进入股市了。

于是,我们醍醐灌顶,方知道还有炒股赚钱的门径。忍不住诱惑,我们拿出家里的全部积蓄,跟着葛浩楠纷纷进入了股市。

对炒股,我们是门外汉;对一些术语,我们一窍不通。还有那些曲线看得我们坠入云里雾里,懵懵懂懂。幸亏葛浩楠讲交情,耐心细致地为我们指点迷津,半年不到,我们也狠狠地赚了一把,淘了第一桶金。

看着账面上数字的增加,我们如同久旱逢甘露,心花怒放,也对葛浩楠佩服得五体投地,对他言听计从。

葛浩楠成了我们心中的神人,事实上也是如此,葛浩楠没让我们失望。买什么股,买入卖出,都是他一锤定音,我们无须费心,照办就是,等着钱包鼓起来。

世事难料,一段时期,我们差点血本无归。看着账面上缩小的数字,我们如坐针毡,惶惶不可终日。

葛浩楠不愧是葛浩楠,久经沙场,从从容容,指挥若定。随着时间的推移,我们账面上的数字又开始往上蹿。

我们打心眼里崇拜葛浩楠,大家私下称他为股评家,是我们的偶像。

在股市里爬摸滚打几年,听到的事儿也多了,有人炒股跳楼,家破人亡。有人炒股犯神经,人不像人,鬼不像鬼。这让我们心惊肉跳。

由于我们有股评家葛浩楠的直接指挥,虽然我们的账面也像潮水一样,一会儿涨,一会儿退,却没有到寻死觅活的地步,或多或少赚了一些。甚至有几个哥们买了车,招摇过市,耀武扬威。

俗话说得好,滴水之恩,涌泉相报。我们轮番做东,每月请葛浩楠到酒楼潇洒一回,增加点营养。

有一次,我们在酒楼尽兴地吃喝。突然,好端端的葛浩楠竟然趴在桌上呜呜地哭泣。

一个叱咤风云的葛浩楠,凄凄惨惨地哭,让我们手忙脚乱,束手无策,个个成了张飞穿针眼——大眼瞪小眼。

我忐忑着问:"葛浩楠,你怎么了?身体不舒服?"

葛浩楠没有回答,在桌上一个劲儿哭,哭得很伤心。我们的心里也是寒颤颤的。

一个哥们说:"葛浩楠,我们兄弟一场,有什么事说出来,有我们呢! 人能让尿憋死?"哥们说着的时候,气壮山河,很有两肋插刀的味道。

我们随声附和:"对,说吧,有我们呢!"

葛浩楠抬头看着我们,痛心疾首地说:"你们知道吗? 我的股票套住了,不但不赚钱,还亏了几十万。"

我们瞠目结舌,小心地问:"怎么会呢? 我们都赚了啊!"

葛浩楠停止了哭泣,懊悔地说:"股票一跌,我就卖;股票一涨,我就买。不是割肉就是追涨,钱折腾得打了水漂。"

"你对我们说得清清楚楚、明明白白,很果断呢!"另一个哥们诧异地说。

葛浩楠絮叨着:"别人是别人,自己是自己,关键时刻脑子就犯迷糊了。自己的钱才是钱啊。高明的医生,给亲人做手术,也是避让的啊!"

我们一听,一时哑然,说不出一句话。

渴望找个情人

"我要找个情人。"高达波无数次对自己说。

他这样说是有缘由的,他看到老板身边的女人就像换衣服一样,就有了这样的想法。

高达波也曾几次对工友说:"我们找个情人吧!"工友笑而不语,怪里怪气的。高达波说:"咋了?不成?"工友瞥了一眼,说:"癞蛤蟆想吃天鹅肉!"高达波沉默了,脸上的光彩顿时消失殆尽。

高达波睡在工棚里,辗转反侧了几个晚上,心里想着怎么能找到情人。自己已经在城里生活十几年了,虽然没有城里的户籍,也没有城里的住房,待在城里也算不短了。人家能找情人我就找不得?高达波几个晚上胡思乱想,以至于白天上脚手架时,差点摔下来。

高达波没有被危险吓倒,暗暗下定决心,非找到情人不可。高达波这样想,也这样做了。

晚上,忙碌了一天的高达波开始上街了。以前高达波这时候不是跟工友玩牌就是躺在工棚里睡觉,要么说些段子打发难耐的寂寞。现在高达波心里有了愿望,顾不得工友的挽留,一味去实施自己的计划了。

高达波在偏僻的小巷里转悠,若无其事的样子。他听说偏僻的小巷里有许多女人,都是年轻的女子,大多数有不错的姿色。高达波踱着步,心旷神怡。真是踏破铁鞋无觅处,得来全不费工夫,前面走来了一个女人,长得不赖,小巧玲珑的身材,白皙的脸蛋。高达波的心怦怦跳,热血沸腾,第一次跟陌生的女性打交道,他不知道怎么称呼。

高达波终于鼓起勇气,向前走去。女人眼睛一瞟,掉头就走。高达波犯傻了,女人怎么走了?高达波一想,也许女人耍的一个计谋呢!高达波也不怠慢,紧跟着赶上去。

女人走了一程,停下步子,怒目圆睁,气鼓鼓地说:"你跟着我干什么?"

"我想找你聊聊。"高达波结巴着说。

"撒泡尿照照自己是啥模样。"女人一顿奚落，"再纠缠小心我打电话报警。"女人说完，扬长而去。

片刻，一个健硕男人向她走去，嘀咕了一阵，女人挽着一个男人的手臂眉开眼笑地走了。高达波愣住了，女人怎么看不上我？莫非我的身上打上了烙印。出师不利，高达波黯然神伤地往回走。

在一个角落，一个漂亮的姑娘迎面而来，妩媚的双眼像一汪清泉。姑娘媚眼一抛，柔和地说："大哥，玩玩吗？"高达波一阵兴奋，没想到姑娘主动找上门来，自己的桃花运来了。

"好啊！"高达波惊喜地说，"我们出去走走吧！"

"你有钱吗？"姑娘出其不意地问。

"多少钱？"高达波支支吾吾着。

"二百。"姑娘毫不犹豫地答。

高达波在口袋里摸索着，掏出几张纸币数了数，说："可以便宜吗？我没有那么多钱。"

"去你的！没钱也和本小姐玩激情？"姑娘讥笑道，不屑一顾地走了。

高达波茫然若失地站着，看着姑娘娉娉婷婷的身影，不知所措。

高达波成了丧家之犬，萎靡不振地走着。突然，传来了女人哭泣的声音。高达波抬头望去，一个女人坐在一块石头上嘤嘤啜泣。

女人不到三十岁，看上去很憔悴，但眉宇眼角无不显露出女人的温柔。高达波的好奇心油然而生，热情地问："大妹子，怎么一个人？"

女人忧郁地看了一眼，唉声叹气道："我找人。"

"找人?"高达波急不可耐地问，"你要找谁?"高达波心里不禁亮堂起来。

"我家的男人出来打工已经好几年了，却没有给家里寄过钱。我们孤儿寡母的，日子怎么过?"女人说着就号啕大哭起来。高达波站在旁边，脸色霎时变得僵硬。

"没有找到吗?"高达波问。女人摇着头，说："找了好几个工地，连个人影也没有。我吃饭的钱都没有了。"

高达波捏了捏口袋里的钱，犹豫再三，才掏出十几元钱递过去，说："大妹子，我也是打工的。这些钱你拿去，买点吃的吧!"说着，高达波转身离开了。

高达波心事重重地回到了工棚，仰躺在硬板床上，恍然，一个女人出现在眼前。高达波揉着蒙眬的双眼，那是一位电影明星，笑容灿烂地望着他。

后来的晚上，高达波再也不出去了，难熬的时候，就掏出从旧画册剪下来的电影明星肖像来看。看着肖像，高达波的泪水就出来了，嘟嘟囔囔："我终于找到情人了。"

全民微阅读系列

第四辑

啼笑皆非

给你一个温柔

几声门铃响，我迷迷糊糊地醒来，知道妻子旅游回来了。妻子外出没带钥匙，打电话告诉我，晚上迟一点回家。我从沙发上一跃而起，迫不及待打开铁门，看到妻子一张阴沉的脸。

"老婆，你回来了，旅途辛苦。"我说着欲接过妻子的行李，妻子一个转身，与我擦肩而过，没有给我好脸色。

"你巴不得我不回来吧！"妻子硬生生地说，随手把行李放在客厅里，在房间里东张西望一番。我晕了，好端端地出来迎接，却给我一个冷面孔，我僵直在门口，疑惑地看着她，一个劲儿犯傻，恰似一个木偶。

妻子一言不发，板着脸，径自走进卫生间洗漱一番，然后连忙躺在床上休息了。我坐在她的身边缄默不语，一脸阴云。真是莫名其妙，一次旅游回来却判若两人，究竟是怎么回事？也许妻子旅途疲劳了或者发生了不愉快的事。我一想，把自己想亲热的欲望死死地抑制住了。

我关了电灯，默默地躺下，大气也不敢出，只怕影响妻子的休息。片刻，妻子突然一个鲤鱼打挺坐起来，拧亮了电灯，眼光直直地向我射过来。

"你这几天自由了吧？为什么不给我打电话？"妻子的话很唐突，眼神充满了哀怨。

"不是给你发信息了？一天一条信息呢！"我百思不解，连忙回答。

"你发的是什么信息哦,干巴巴的一句话,不是问我到了哪里就是问我累不累,没有一点情趣。还说自己是作家呢!"妻子很是不悦,话语中充满了讥讽。

"这又咋了? 还要说什么话? 不是问你一些情况吗? 这是我对你的关心呢!"我越想越糊涂,竭力辩解。

"看人家打起电话,情意绵绵,有说有笑,真让我羡慕。"妻子喃喃自语,神情充满了向往。我知道,妻子埋怨我不浪漫不温柔,使她在同事面前丢了面子。

"他们是新婚嘛,当然有说不尽的悄悄话。我们结婚十几年了,老夫老妻赶什么时尚?"我辩解道。

"不。"妻子说话很坚决,"他们也是老夫老妻的,打起电话就是黏糊,嗲声嗲气,恩恩爱爱。看着她们兴高采烈的神色,我就是羡慕。"

"生活还是实在的好,夫妻恩爱不在于电话上的卿卿我我,关键是生活上关心体贴,你中有我,我中有你就行了。说不定他们打电话情意绵绵,生活中却有裂痕呢!"我滔滔不绝地说着。

妻子闷声不响,轻叹一声拉灭了电灯,转身躺下了。我也不再说什么,继续昏昏沉沉地迷糊起来。

一连几天,妻子爱理不理的,似乎对我耿耿于怀。我也无奈,小心谨慎地伴在她的左右。

日子一天天过去,妻子对我的怨恨渐渐地淡化。没想到,过了几个月,妻子又要外出培训半个月。

这一天一大早,我给妻子准备好行李,送她上了车。妻子含情脉脉地看着我,难舍难分的样子,显得很缠绵。

我吸取了上次的教训,每天打一个电话,事无巨细一一叙说,不忘甜言蜜语一番,甚至连自己觉得难以启齿的话也说了。仅仅半个月,电话费花了好几百元。谁说我缺乏浪漫,谁说我没有情趣,那些情感上的话语我俯拾即是,否则也玷污了作家的名分。我想,这下子妻子总满意了吧!

妻子结束了学习,当我到车站去接她的时候,却看不见妻子灿烂的笑容,一副心事重重的模样。她的神情出乎我的意料,这究竟是为什么? 莫非我做得不好,得罪了妻子?

路上,我一边开着车,一边主动跟妻子搭讪,妻子只是懒洋洋地应付几句,眼神漠然地看着远方。天气闷热,知了使劲地聒噪,使我略显烦躁。开了一段路,妻子回过头睖着我,突如其来地问:"你是否有什么瞒着我?"

"我瞒你什么? 不是在电话里都跟你说了吗?"我不明就里。

"你这几天打电话很特别,从没有过呢! 总觉得虚情假意的,你不是在迷惑我吧?"妻子道出了原委。

"你说的是什么话? 上次说我发短信干巴巴的没情趣。现在我给你打电话说些情爱的话,你又说我虚情假意。你吃错了什么药?"我愠怒了,吱的一声,把车子停在停车道上,看着她似乎看着陌生人。

"我记得你说过,说不定他们打电话情意绵绵,生活中却有裂痕呢! 事实上,上次打电话让我羡慕的女同事真的离婚了。他们结婚也有十几年了,她的老公勾搭了一位年轻漂亮的女人,远走高飞了。"妻子低沉地说着话,脸色刹那间阴沉下来。

我听着,好久说不出话。原来如此,怪不得妻子神经质。

看电影

　　姚俊平喜欢玩电脑,不喜欢看电影。空闲的日子,姚俊平端坐在电脑前,看看新闻,玩玩游戏,听听歌曲,优哉游哉。

　　好几次,同事邀请姚俊平去看电影,姚俊平说:"电影有什么好看的,不如在家玩电脑,想玩什么就玩什么。想看的电影,下载一部在电脑上看,挺方便的。去影院看电影浪费钱财不说,来来去去麻烦。"

　　姚俊平这么一说,同事也不吱声了,去找别的伴儿去了。

　　时过境迁,不喜欢看电影的姚俊平竟迷上了看电影,谁也猜不透其中的谜。

　　姚俊平喜欢到影院看电影是从那天晚上开始的。

　　这一晚,家里突然停电,黑漆漆的一片,姚俊平无事可做,感觉很无聊,便到街上溜达,走着逛着,不知不觉地来到了一家电影院。

　　影院的门口张贴着大大小小的海报,琳琅满目,五彩斑斓,精彩纷呈,有俊男也有美女,个个有型有样,角色鲜明。姚俊平觉得没有什么好打发时间,就饶有兴趣地看起了各种电影海报。

　　姚俊平一张一张地看过去,看了好长时间,下意识中觉得有人在看他。他转过头一看,一位姑娘冲他点下头,莞尔一笑,神态娇媚。

　　这一笑不打紧,姚俊平触了电一般,神魂颠倒,浑身酥软,一下子愣住了。

姑娘真是漂亮，打扮新潮，大眼睛，柳叶眉，瓜子脸，皮肤白皙，身材窈窕，说有多美就有多美。尤其是那眼神，妩媚动人，有着极大的诱惑力。

一次，单位发了一张电影票，姚俊平本来不想去的，猛想起上次与美女的不期而遇，就动心了。

姚俊平吃过晚饭，早早地来到了电影院，看起了海报。看着看着，姚俊平觉得有人在看他，回头一看，又看见那位姑娘在他的身后痴痴地望，眼神火辣辣的。姚俊平心里荡漾开来，热血沸腾，觉得到影院看电影挺有意思的，能够跟美女邂逅，很有情调，连空气里都弥漫着温馨的味道。

姚俊平觉得蹊跷，问："你喜欢看电影？"

姑娘不假思索地点点头。

"你喜欢哪一类型的电影？"姚俊平追问道。

"什么电影我都喜欢。"姑娘豪爽地答。

这时，进场的提示铃声响起，姚俊平说："时间到了，我们去看电影吧！"

姑娘迟疑了一下，说："你先去看，我等会儿就来。"姚俊平不知说什么好，只好一人进了影院。

进了影院，姚俊平却没心思看电影了，心里想：她怎么不和我一起去看电影呢？是否在等人？要等谁？

姚俊平这场电影看得索然无味，没看到一半就退场了。

回到家，姚俊平靠在床头发呆，眼前晃来晃去的都是那位姑娘的模样。姑娘忽闪着大眼睛，痴痴地望着他笑。

姚俊平的魂儿守不住了，一发而不可收，迷上了看电影，只要影院有新电影放映，他一场不落地去观看。每次看电影前，姚俊平都会看一会儿海报,看海报的同时,经常会发现那位姑娘站在身后痴痴地看着他。

姚俊平说不出的甜蜜,心里活络开了,都说有缘千里来相会,无缘对面不相逢。莫非姑娘看上了我?一见钟情的故事在我的身上应验了吗?姚俊平飘飘然,快乐地沉浸在邂逅姑娘时的那种无声胜有声的曼妙中。

盼星星,盼月亮,影院上映了新电影。姚俊平早早来到了电影院,左等右等,一直等到电影开场了,还是没看到那位姑娘。姚俊平很失落,懊丧地在门口徘徊。

这时,姑娘来了。姚俊平惊喜地迎上去,说:"你怎么迟到了?"

"没关系。"姑娘说。

"怎么没关系呢?迟到了,电影就看不完整了。"姚俊平说。

姑娘笑着说:"实不相瞒,我不进影院看电影的。影院的电影票太贵了。我还是喜欢在电脑上下载看。"

"你不是有新电影都来的吗?"姚俊平大惑不解地问。

"我是看海报的。"姑娘坦诚地说。

"你就是看海报?"姚俊平很诧异。

"对啊!你在看海报的时候,我也在你身后看着呢!我很喜欢看着那些明星的感觉。"姑娘笑吟吟地说,"你也喜欢看海报吧?"

姚俊平不置可否,心里一沉,无精打采地"嗯"了一声,身子似乎矮了半截。此后,姚俊平再也不去看电影了。

跳　楼

东方出现了一抹红,林立的高楼大厦映照在五彩的霞光中,显得气势恢宏。宽阔的大街上车水马龙,城市已被早起的人们惊醒了,开始喧闹起来。

我晨炼回来,经过市中心一条繁华的大街,发现男女老少从大街小巷簇拥着过来,行色匆匆,神情捉摸不透。

我天天早起,都要经过这条大街,见到这种情况却是第一回。我很诧异,拦住了一位急匆匆行走的中年人,急切地问:"发生什么事了?"

中年人气喘吁吁地说:"你不知道吗? 有人要跳楼。"

"要跳楼?"我惊讶了,蹦出一句话,"真的吗? 在哪里?"

"就在前面的那幢高楼上。"中年人丢下一句话,继续向前走去。

这是一幢标志性建筑,气派非凡,富丽堂皇,直插云霄,是小城的骄傲。

我听说过跳楼,却从没见过人跳楼,而且要在城里的第一高楼往下跳,好奇心一下子涌了上来,随着人群迈开大步向前走。

果然,在这幢高楼前,里三层外三层聚集着一大群人,有的抬头眺望,有的交头接耳,更多的是手里拿着手机对着高楼不停地拍照。

大街上一片喧哗。

有人说:"为什么要跳楼?"

有人说:"大概是失恋了,爱不能,只好以死殉情。"

有人说:"也许是一个民工,日子过不下去了,以死解脱。"

有人说:"也许是为了达到某种目的,以死要挟。"

人们议论纷纷,莫衷一是。

我焦急地东张西望,却看不见跳楼的人,就问旁边的一个青年人:"跳楼的人在哪里?"

青年人用手指了指,说:"在这幢高楼的顶上。"说完,又忙着拍照。

我定睛一看,真的有一个人,看不清模样,站在楼顶上,手扶着栏杆,向下俯视,衣衫飘逸,像一位绿林好汉。

我浑身起了鸡皮疙瘩,心里一阵发凉,手脚都轻飘飘了。

人越聚越多,大街上水泄不通,吵吵闹闹,汽车的喇叭声,人们的喊叫声,响成一片。

我显得亢奋,也赶忙掏出手机,随心所欲地对着高楼拍了一张又一张。

跳楼的人站起来了,昂首挺胸,一只脚跨出了栏杆,张开双臂,大有视死如归的豪迈。

太阳越升越高,阳光照在高楼的玻璃幕墙上,折射出千万道金光,像一把把金剑,刺得我眼睛一晃一晃的。

"精彩。"

"刺激。"

"快跳啊!"

群情激奋,仿佛在看一场精彩的表演,呐喊声、尖叫声此起彼伏,一浪高过一浪,宛如汹涌的海洋。

我不敢有丝毫懈怠,生怕错过了机会,揉了揉生疼的眼睛,找准角度,严阵以待地举着手机,要把最刺激的一幕拍下来,发到微信里,让大家分享。

突然,有人拉了拉我的衣角,我转头一看,是一位小朋友,忽闪着一双大眼睛。

小朋友显得惊慌,轻声地对我说:"叔叔,你能把手机借我一下吗?"

我愠怒地说:"我正忙着呢! 别打扰。"

小朋友似乎受了委屈,自言自语道:"那人多危险啊! 要是我有手机就可以打电话报警了。"

我心里一个激灵,看着小朋友,发现他的眼神充满了悲伤,充满了期待。

是啊,人命关天,情况危急,怎能视同儿戏? 我心里一个震颤,幡然醒悟,立即拨打了报警电话。

小朋友给我竖起一个大拇指,发出舒心的微笑,眼睛紧盯着楼顶。

一会儿,警笛响起来了,发出刺耳的尖叫。人们开始骚动起来,挤来挤去,眼巴巴地看着楼顶上跳楼的人。

警车停下来,警灯一闪一闪的。刹那间,人们来不及反应,眼前一个黑影,像出膛的炮弹,从楼顶上坠落下来。我的心一缩,立即闭上了眼睛。

人们大呼小叫,争先恐后地涌上前去,大街上动荡起来。有人前去一看,目瞪口呆了,地上直挺挺躺着的是一个仿真的塑料人。

"真是奇了怪了,明明是一个大活人,掉下来怎么变成了塑料人呢?"有人失望地说。

人们又是一阵窃窃私语。

一个高音喇叭响起来:"大家不要观望了,迅速离开,不要影响交通。没有人要跳楼,是一家文化公司正在拍摄宣传片呢!"

人们嘟囔着,垂头丧气,很不情愿地走开,神色瞬息万变。我百感交集,各种滋味涌上心头。

你能跟我一起住吗

李老师这几天很纠结,不为别的,就是上门要做他老伴的人纷至沓来。

事情是这样的。

李老师是一位乡村教师,中年丧偶,既当爹又当妈,把儿子抚养长大。儿子长大后有出息,大学毕业后,办了企业,生意兴隆,赚了不少钱,在城里买了房,娶了媳妇安了家。

儿子的小日子越过越红火,想起父亲一生含辛茹苦,孤孤单单,就把退休在家的老父亲接到城里住,体贴入微地照顾。

儿子很孝顺,媳妇很贤惠,都遂老人的意。李老师跟儿子生活在一起,无忧无虑,其乐融融,颐养天年,脸上整天挂着笑。

儿子的企业越做越大,做到了国外,带着妻子到了国外打拼,李老师独住在城里,成了空巢老人。

李老师一人住在一百多平方米的套房,看着空荡荡的住房,进进出出很是寂寞。

李老师想回乡下住,儿子不同意。儿子说:"城里条件好,生活也方便,为啥要回老家住?"

李老师说:"一个人住在城里,人生地不熟,连说话唠嗑的人都没有,太冷清了。"

儿子觉得也是,安慰道:"套房有空房间,你就写一个告示,免费提供住房。让那些在城里打工且没有住房的年轻人,跟你住在一起,这样就不冷清了。"

李老师一想,这是个好主意,想了一个晚上,拟了几张告示,张贴在公共场所的公告栏里。

告示一贴出,吸引了很多人,也引起了很多议论。

有的说:"真有这样的好事吗?骗人的吧!"

也有的说:"大千世界,无奇不有,太不可思议了。"

议论归议论,有好奇者来了。李老师热情接待,诚心诚意地说明情况,还带他们看了空房间。

前来察看的年轻人来了一批又一批,结果,没有一个年轻人愿意前来跟李老师一起居住。

李老师很纳闷,这样的好事,怎么就没人来居住呢?

李老师多了一个心眼,托人暗中了解,才知道年轻人不愿意居住的原因:他们有个顾虑,不怕一万,只怕万一。李老师是上了年纪的人了,要是出了意外,有个三长两短,自己受牵连,跳进黄河也洗不清。这不是偷鸡不成蚀把米吗?

李老师心灰意冷,自己的一番好心,得不到人家的领情。一气之下,李老师萎靡不振,似乎苍老了好几岁,头发全白了。

　　李老师几次动了回老家居住的念头，又怕拂了儿子的孝心，没跟儿子说，强颜欢笑居住在城里。

　　有一天，李老师在家看电视，进来了一位中年妇女。中年妇女清清爽爽，衣服得体，笑着对李老师说："李老师，看你一人挺孤单的，我来陪你吧！我也没了老伴，很凄凉，我们组成一个家庭如何？相互有个依靠。"

　　李老师毫不迟疑，摇摇头说："不合适呢！我一大把年纪，还要找老伴，让人家耻笑。"

　　中年妇女很扫兴，僵着脸走了。

　　中年妇女出去不久，又来了一位姑娘。姑娘打扮得很时尚，说话软绵绵的，看上去很温柔。

　　姑娘冲着李老师莞尔一笑，说："李老师，你看我怎样？又年轻又有活力，我们来个老少配吧！我会好好地照顾你一辈子的。"

　　李老师吃了一惊，心里想，太荒唐了，一老一少组成家庭，大逆不道。要是乡亲们知道了，我这张老脸往哪儿搁？

　　李老师一本正经地说："小姑娘，我可以做你的爷爷了，你嫁给我，成何体统？"

　　"城里流行老少配呢！只要你情我愿，还怕人家嚼舌头？"姑娘嬉皮笑脸地说。

　　李老师严肃地说："城里是城里，我是从乡下来的，乡下人有乡下人的规矩。再说，我也是一位教师啊！"

　　姑娘冷冷地说："真是死脑筋，不开化，教书教糊涂了。"说着气鼓鼓地走了。

　　连日来，李老师家门庭若市，上门来的都是女性，请求跟李老师组成新的家庭。李老师被纠缠得心力交瘁,烦恼不已。

一天,李老师起了个早,毫不犹豫地把自己张贴的告示一一撕了下来。

招　　聘

许墨海是从县委宣传部调任到里洋乡任书记的。许墨海正值而立之年,雄心勃勃,向组织立下军令状,不干出一番事业就不回城。可是,里洋乡是偏僻小乡,资源贫乏,生产力落后,没有一家像样的企业,经济薄弱,乡政府工作人员有时连奖金也不能按时发放。为此,许墨海百爪挠心,坐立不安。

这么个穷乡僻壤的小乡,要干出一番事业谈何容易,许书记再三斟酌,想到了自己的老本行,眼前豁然一亮,要想富,首先提高知名度。于是,许书记快刀斩乱麻,决定招聘一个能舞文弄墨的人,负责乡里的新闻报道工作。

消息一传出,前来应聘的人络绎不绝。许书记眉头一皱,计上心来。

许书记带着一帮舞文弄墨的"秀才"到村里考察了,走村串户,连续转了三四天,乡里的角角落落都走遍了。

那一天,许书记召集所有的应聘者开了一个会议。书记情真意切地说:"大家都深入实际做了调查研究,对乡里的情况有了全面的了解。你们要有一双敏锐的眼睛,发现乡里有价值的新闻。为了公平、公正,限你们用三个小时的时间现场写出文章。

然后,根据你们的文章质量,择优录用。"

许书记话音一落,在座的个个摩拳擦掌,跃跃欲试,一显身手。于是,十几个人聚精会神开始写作了。小小的临时考场鸦雀无声,个个沉思默想,文思泉涌,挥动笔杆"刷刷"地写。一帮"秀才"八仙过海,各显神通,三个小时一过,一篇篇文章摆在了书记的案头。

许书记一篇篇看过去,觉得有些文章文笔清秀,有些文章视角独特,见解深刻,分析合情合理。许书记难以取舍,决定召开党委会商讨招聘录用事宜。

许书记对乡长说:"我们办事要雷厉风行,晚上召开党委会议,确定新闻工作人选,尽快把我们的工作搞上去,晚餐就在食堂里将就一下。"

乡长点头同意,酒足饭饱,党委成员悉数坐在会议室了。许书记郑重其事地说:"你们先把文章好好浏览一遍,选出好的文章,集思广益,民主评议,确定一个合适的人选。"

会议室里烟雾腾腾,委员们看着想着,不停地做着记号,不知不觉时间过了一个小时。许书记提议道:"大家各抒己见吧!"

"要想提高我乡的知名度,要从意识形态入手,农村思想工作很重要。这位同志的文章很不错,找准了湖角屯重视思想工作,没有一个犯罪典型的案例,很有普遍意义。"白副书记拿着一篇文稿首先开了腔。

黄副乡长咳了一声,扬了扬手里的文章,慢条斯理地说:"我们是个山区,最大的优势也在山,就要唱好'山戏'。闸头村劈山造田事迹感人,这篇文章写得很生动,很有推广价值。"

委员们纷纷发表自己的见解,公说公有理,婆说婆有理,争得面红耳赤,一时难以决断。

胡乡长喝了一口茶,瞅了瞅许书记,胸有成竹地说:"要提高我乡的知名度,方法很多。我看还是要突出重点,抓住关键……"乡长喝着茶,找出一篇文章递给许书记,目光炯炯地说,"许书记,您看看吧!这篇文章实事求是,很有感染力。"许书记听着,笑而不语,微微点头,显得很庄重。

办公室主任反应敏捷,瞅了一眼文章,马上接腔:"乡长说到点子上,很有见地,我同意。"大家都凑过头来,瞟了一眼文章,随声附和:"好文章,好文章。"

许书记朗声大笑,说:"大家举手表决吧。"

大家纷纷举手,一致同意,乡长的提议获得了通过。聘任郭丽娜负责乡里新闻报道工作的决定就这样在党委会上定下了。

第二天,招聘结果一公布,众说纷纭:郭丽娜与胡乡长关系暧昧,胳膊拧不过大腿。有人血气方刚,就去问办公室主任:"这究竟是为什么?"

主任拍着来人的肩膀,温文尔雅地说:"你们的文章写得都不错,遗憾的是没有突出重点,抓住关键。"

来人疑惑了,刨根问底:"要突出什么重点?抓住什么关键?郭丽娜写的是什么文章?"

主任拣出郭丽娜的文章扔过来,不冷不热地说:"你好好看看吧,什么都明白了。"

来人看了,不由得傻眼了,后悔自己脑筋少了一根筋,不得不佩服郭丽娜棋高一着。

郭丽娜的文章是篇人物通讯,题目是《书记走村访户,情系千家万户》。

级　别

这是一座高墙大院,气势恢宏,处在巍峨的山脚下,一条宽阔的水泥公路从门前横穿而过。要不是高墙上架着蜘蛛网似的防护网,谁也猜不到这是监狱。

墙内森严壁垒,肃穆冷清;墙外山清水秀,野花飘香。

一天,到了放风的时间,从囚房里走出两个男囚犯,一个又矮又胖,一个又高又瘦。他们关进来不久,素不相识。

胖囚犯看了一眼瘦囚犯,沿着自己的路径向前走,伸伸手,弯弯腰,呼吸一下新鲜的空气;瘦囚犯也看了胖囚犯一眼,沿着自己的路径向前走,伸伸手,弯弯腰,呼吸一下新鲜的空气。

胖囚犯想,他怎么这样瘦?山珍海味吃了那么多,怎么没有一点营养呢?

瘦囚犯想,他怎么这样胖?游山玩水这么多,怎么不消耗一点体力呢?

他们这样一想,兀自觉得好笑,嘴角抽动了一下。但是他们想归想,却没有说出来,神情怪异,继续向前走去。

又到了一天的放风时间,胖囚犯和瘦囚犯从自己的囚房里走出来,恰好又遇上了。

胖囚犯抬了抬眼皮,瞅了一眼瘦囚犯;瘦囚犯抬了抬眼皮,瞅了一眼胖囚犯。他们互相打量片刻,愣了愣,猛地想起自己的疑惑。

胖囚犯笨拙地走过来；瘦囚犯摇晃着走过去。他们凑到一起了。

胖囚犯神秘地问："你怎么长得这样瘦？一根芦柴棒似的。"

瘦囚犯小眼睛一眨，说："你猜。"

"女人玩多了吧！"胖囚犯一本正经地说。

瘦囚犯暧昧地笑了笑，说："老兄高手啊！神机妙算呢！"

瘦囚犯神秘地问："你怎么长得这样胖？弥勒佛一样。"

胖囚犯金鱼眼一鼓，说："你猜。"

"钱收多了吧！"瘦囚犯一本正经地说。

胖囚犯暧昧地笑了笑，说："老兄高手啊！神机妙算呢！"

他们嘀咕了几句，很满足的样子，迈着八字步走开了。

有了几次的接触，胖囚犯和瘦囚犯熟悉起来，开始套近乎了，盼望着放风的时间早点到。每天一到放风的时间，他们便迅速走出囚房，聚在一起，叽里咕噜一番。

胖囚犯大言不惭地说起自己受贿的金银珠宝，晶莹剔透，可以用车装；瘦囚犯恬不知耻地说起自己玩过的女人，形形色色，可以编成一个排。

胖囚犯认真地听着，眼里一闪一闪的，满是羡慕。

瘦囚犯认真地听着，眼里一闪一闪的，满是羡慕。

近日来，老天似乎发怒了，电闪雷鸣，又是刮风又是下雨，天空黑蒙蒙的一片。

到了放风的时间了，胖囚犯站在窗口向外张望了一眼，又躺在床上，暗自思忖，我怎么只想到钱呢？也可以多玩几个女人啊！白玩不玩可惜了。一想到女人，胖囚犯嘴角的涎水不由自主地淌下来。

到了放风的时间了,瘦囚犯站在窗口向外张望了一眼,又躺在床上,暗自思忖,我怎么只想着女人呢?也可以多收钱啊!白得不得可惜了。一想到钱,瘦囚犯嘴角的涎水不由自主地淌下来。

雨终于停了,今天是个艳阳天,天气好得不得了,蓝天下面白云飘。胖囚犯和瘦囚犯听到放风的铃声一响,箭一般地从囚房里冲出来,终于聚在一起了。

胖囚犯笑嘻嘻地说:"老兄,想死我了。"

瘦囚犯笑嘻嘻地说:"老兄,想死我了。"

胖囚犯话题一转,问:"老兄,你怎么进来的?"

瘦囚犯挺了挺身子,昂着头说:"被省纪委抓进来的。"

胖囚犯一听,浑身一哆嗦,心里想,人不可貌相啊!这么瘦的人,竟是被省纪委抓的。

瘦囚犯话题一转,问:"老兄,你怎么进来的。"

胖囚犯身子宛如泄了气的皮球,低声下气地说:"被市纪委抓进来的。"

瘦囚犯一听,鼻子哼了哼,心里想,人不可貌相啊!这么胖的人,竟是被市纪委抓的。

此后,到了放风的时间,瘦囚犯绕道走了,即使胖囚犯嬉皮笑脸地迎上去,也是冷若冰霜,置之不理。

胖囚犯几次三番遭了冷遇,觉得不可思议,嘟嘟囔囔道:"这个人啊!真是一个怪物,变色龙,说变就变。"

胖囚犯怎么能想到,瘦囚犯曾对自己说:"我真是有眼无珠,跟这胖家伙在一起,简直有失身份,我跟他不是同一级别的啊!"

写材料的学问

　　过五关斩六将，我如愿以偿地考上公务员，被分配在机关办公室当秘书。搞文字对我来说是小菜一碟。不夸大地说，我毕业于重点大学中文系，在学校里就开始发表小说散文了，是小有名气的才子。我志得意满，决心大刀阔斧地好好干一场，干出一个人样来。

　　我兴高采烈地上班了，领导对我说："你了解一下情况，我有一个讲话稿，你来写。"我暗自思忖，这有什么啊，无非是讲话稿嘛！我拿出自己的看家本领，不费吹灰之力就把讲话稿写好了。

　　回到家，我把写讲话稿的事跟父亲说了。父亲语重心长地说："这是第一次给领导写讲话稿，马虎不得。你要给领导留下好印象。"我觉得父亲的话有理，可是让谁给我看看文稿呢？我沉思着。父亲接着说："你把文稿给你舅舅看看，他也是当秘书出身的，在行。"我一听，一拍脑门，我怎么没有想到呢？

　　晚上，我乐滋滋地来到了舅舅家。舅舅笑呵呵地问："工作顺心吗？""还不错。"我得意地说，"舅舅，你帮我看看我写的领导的讲话稿吧。"舅舅"哦"了一声，说："你这个才子还要我给你看稿啊！"

　　"你有经验嘛！"我嬉皮笑脸地说。舅舅接过我的文稿，匆匆地浏览了一下，对我说："你给领导过目吧！可以了。"

有了舅舅的首肯,我心里踏实了,第二天就把讲话稿送给了领导。领导看了看讲话稿,笑着说:"动作很快啊,你把稿子放着,我有空看看。"我转身离开了。

一天,领导打电话叫我去。我诚惶诚恐地到了他的办公室,领导笑容可掬地说:"小吴,你的文字不错,很精彩。不过,这是讲话稿,要有思想性,富有鼓动性。你再改改吧!"我想,领导就是领导,一眼就看出名堂了。我不由得暗暗佩服,爽快地说:"我就去改。"

我嘴里说得轻松,腿却像灌了铅一样沉重,第一次写讲话稿就碰壁了,以后日子怎么过? 我开始埋怨舅舅,怎么没有看出来。我一生气就给舅舅打电话。我说:"舅舅,我的讲话稿没过关呢!你怎么不给我指出来?"舅舅慢悠悠地说:"听听领导的意见,你这也是收获呢! 按照领导的意思,你改改吧!"舅舅说完就挂了电话。

我无奈,只好重新修改了。我胆战心惊地把修改好了的讲话稿送给了领导,等待着生死判决。领导瞥了一眼,站起来拍着我的肩,和蔼地说:"不错,好好干。"我一听,心花怒放,如释重负地舒了一口气。

在机关里待了几个月,我摸到了写材料的套路,加上对一些情况的了解,写材料更是得心应手。我吸取第一次的教训,对文字再也不敢掉以轻心了。当领导第二次让我写材料的时候,我反复推敲,左思右想,觉得自己的文字无懈可击,才把稿件交给了领导。

领导看得很认真,字斟句酌,看了好久才抬起头瞅着我,冷若冰霜地说:"你回去吧!"我百思不解,如被霜打蔫了的茄子,垂头丧气地走出了领导的办公室。

后来才知道，领导用的材料还是我写的那个，甚至一字不差。我把自己的疑虑告诉了舅舅。舅舅嘿嘿笑着："你不要自以为是。以后，你写的材料还是让我先看看吧！"

一次，我把写的材料给舅舅看，舅舅看得很仔细，看着，看着，情不自禁地笑。我好奇地问："材料没有写好？""不，写得很好，刮目相看了。不过，需要改一点。"说着，舅舅掏出一支笔，把一句话改了。我一看，大惑不解，是不是舅舅脑子糊涂了，把一个好好的句子改成了病句，连小学生也看得出来啊！

我莫名其妙地说："舅舅，你怎么这样改？你一改就成了病句。这个低级错误你也犯啊！"舅舅剜了我一眼，一本正经地说："少啰唆，把材料送给领导过目。"

我见舅舅从来没有这么严肃，无可奈何地把材料给领导送去，准备接受领导的批评。没想到，领导看了材料，高兴地说："小吴，你进步不少，材料写得越来越好。一个小差错，有一个病句。"我恭恭敬敬地听着，瞥了一眼领导，发现他挺自豪的。

以后，我每次把写的材料给舅舅看，舅舅都要留一点差错，不是用错了一个词就是写错了一个字。而每次领导指出我错误的时候，都是眉飞色舞，很有领导的派头。可是，我是越来越糊涂，只好把疑惑藏在心底。

时间不知不觉地过去，到了新春佳节。我们一家到外婆家吃年夜饭。大家聚集在一起，其乐融融。餐桌上，舅舅很开心，还说我有出息。我见气氛融洽，忍不住把自己的疑惑说了出来。我问："舅舅，你为什么总要在我写的材料上留下一点错误？"舅舅神秘地说："你自己琢磨呗！"

一字之妙

"小宋,明天单位要组织钓鱼比赛,你去起草一个方案。"我正在整理资料,局长满面笑容地说。

方案？我看着局长的笑脸,心里直犯嘀咕,钓鱼也要起草方案？我还是第一次听说。

"不要小看钓鱼比赛。"局长看出我的惊诧,意味深长地说,"这也是全民健身的一个主要内容,方案制订得越具体越细致越好,这样操作性就强,活动才能圆满完成。"

局长毕竟是局长,高屋建瓴,说起道理深入浅出,寓意深刻,简单的钓鱼竟跟健身联系起来。我不得不佩服局长的高明。

局长的高论让我心悦诚服,我一边说着"好",一边熟门熟路起草钓鱼方案。用不了多少时间,一份《钓鱼比赛方案》摆在了局长的案头。

局长一边仔细地看着我起草的《钓鱼比赛方案》,一边微笑着频频点头:"嗯,出手很利索嘛！写得不错,意义明确,措施有力,程序清楚。"听到局长的表扬,我心里美滋滋的,像吃了蜜一样。说实在的,我在局里策划过许许多多的活动方案,制订钓鱼比赛方案简直是小儿科,不值一提。

随着一声"可是",局长的眉头蹙了起来,神情开始严肃。我不知出了什么错,又不敢问,忐忑不安地等待局长的下文。"可是,有错别字。"局长斩钉截铁地指出了毛病。

听说写了错别字,我的脸"刷"地一下红了。堂堂大学中文系毕业生,写个钓鱼方案还弄出个错别字来,太丢人现眼了!我赶紧凑上前去,看看是哪个该死的字写错了。

"就是这个'钓'字。"局长一边用手指着,一边用慈祥的目光看着我说,"根据我的记忆,这个'钓'字应该这样写。"说着,拿出一支金笔在"钓"字的旁边郑重其事地写下了一个大大的"钩"。

"这——"看着局长写下的"钩"字,我如坠云雾,惊讶不已地看着局长。我欲分辩,局长开腔了:"年轻人要谦虚嘛!从小学到现在,我都是这样写的,肯定不会错。幸亏我及时发现,假如你这个堂堂科班出身的大学生,连这个字也写错了,不是贻笑大方吗?"局长显得胸有成竹,语气很果断,恰似他办事的风格,一言既出,驷马难追。

我无言以对,傻乎乎地站在旁边,看着局长得意的神情,哭笑不得。这下倒好,《钓鱼比赛方案》经局长大笔一挥变成了《钩鱼比赛方案》。

局长笑着对我说:"好了,打印几份发到各个科室。"说罢,随手把稿子递给了我。

我接过稿子,踟蹰不前。局长发话了:"年轻人做事不要磨磨蹭蹭,快去办吧!"我无奈,垂头丧气地回到办公室打印下发。

第二天,同事们驾着各种车辆,心花怒放地到养鱼塘开始了垂钓。不知是什么原因,鱼儿就是不上钩,大半天过去了,只有几个人钓到了一二寸长的小鱼儿。刚才喜气洋洋的同事刹那间变得蔫头蔫脑,嘴里嘟嘟囔囔着:

"什么鬼天气,惹得鱼儿也不上钩。"

"没想到鱼儿也捉弄人,简直活见鬼。"

有些人索性停止了垂钓,围坐在一棵大树下兴致勃勃地玩起扑克来。局长也没有钓到鱼,哭丧着脸,灰头土脸地对我说:"你这个小宋怎么搞的? 偏偏找个鱼儿不上钩的池塘。这样下去,我们的钓鱼比赛岂不是泡汤了吗?"我战战兢兢的,百思不解,以前在这里都能钓到许多的鱼啊! 今天究竟是怎么了? 我也觉得很蹊跷。

"小宋,你跟主人说一下,我们买些鱼儿回去,分给大家。"局长一吩咐,我立马行动。用不了几分钟,主人就从池塘里捕捞了许多的鱼。看着欢蹦乱跳的鱼儿,同事们脸上乐开了花。局长不管三七二十一,笑容可掬地把鱼儿分了个精光。同事们拎着鱼儿,欢天喜地满载而归。

下午,有同事突然拉住我,竖着大拇指对我大大地夸奖了一番:"你真有两下子,不简单,是个当官的料,料事如神啊!"我不知所以,纳闷地问:"此话怎讲?"

同事拿过一张纸,嘻嘻哈哈地对我说:"你的《钩鱼比赛方案》写得妙极了,妙不可言。当时我们以为是笔误,原来你是神机妙算啊!"我一听,身子挺了挺,一副志得意满的样子。

儿子要上学

儿子即将上小学。为这事,妻子费尽了心思,好几次跟我喋喋不休,她自己当时考大学也没有这样上心过。

妻子担忧地对我说:"儿子就要上小学了,怎么办呢?"

我漫不经心地说:"什么怎么办? 顺其自然嘛!"

"你说得轻松,哪个家长不是为了孩子入学操碎了心啊!"妻子说着,眼睛瞟着我。

"操什么心? 儿子的户籍和住房都符合到本市重点小学入学的条件。"我慢条斯理地说。

"进入重点小学就读就行了吗?"妻子眼睛一眨,反问我。

我说:"那你要怎样?"

妻子说:"五个手指伸出来也不一般长,一个学校的老师也有优劣之分的。"

我说:"现在都是阳光分班,电脑分配,你瞎操心。"

妻子瞪了我一眼,不满地走了。

一个晚上,我正在写一则新闻,妻子自言自语地走过来。

我问:"你叽咕什么啊?"

"听说今年教一年级的老师定了。"妻子神秘兮兮地说。

"你从哪里打听来的?"我狐疑地问。

"单位里的同事都在议论了,都在挑选老师呢!"妻子说。

"你知道哪些老师好？"我问。

妻子掰着指头，一五一十地说开了："张老师年轻有活力，待人很诚恳。李老师威严，对学生严格。王老师有学问，多才多艺……"

我说："你是孙悟空啊！神通广大，把老师的底都摸透了。"

妻子没有接话，得意地笑了笑，陷入了沉思。一会儿，妻子抬头对我说："你去活动活动吧！让儿子到好的班级读书。听说一（3）班和一（8）班师资配备特别强。"

我说："我又不是领导，谁给你面子？再说，是阳光分班，电脑分配，一视同仁，做不了手脚。"

"说给鬼听啊！"妻子感慨道，"现在哪个行业没有猫腻？"

"有猫腻，你自己活动去。"我说。

"你这个大男人吃干饭的吗？叫我女人去活动。你的脸往哪儿搁？"妻子生气了，一顿抢白。半晌，妻子拿出一沓钱递给我，温柔地说："老公，去买几条好烟几瓶好酒，跟校长说说。你不是跟校长熟悉的吗？"

我说："就是熟悉我也不去。跟校长熟悉的人多着呢。"

妻子见我顽固，拧了拧我的耳朵，气呼呼地走了。以后，妻子对我冷冰冰的，话也说不到一块，日子就这样僵持着。

明天儿子就要入学分班了，妻子一会儿进，一会儿出，焦躁不安，不停地嘟嘟囔囔，但愿儿子能分到好的班级。这一夜，妻子翻来覆去睡不着，我想亲热一番，都被妻子冷冷地拒绝了。

第二天一早，妻子就起来了。妻子说："今天无论你多忙，一定要和我一起去学校。"我说："好吧！"

一路上，妻子忐忑不安，说着分班的事情。我当作耳边风，置之不理。

到了学校,操场上人山人海,议论纷纷,都是陪同孩子来报名分班的,甚至连爷爷奶奶,外公外婆都来了。

十几分钟后,分班结果出来了。家长们蜂拥而上,向公告栏走去。妻子急得脸色都变了,一班一班看个仔细。到了一(8)班,儿子的大名赫然在列。

妻子终于松了一口气,喜笑颜开地对我说:"真是运气好,如愿以偿了,分在一个好班。"

我看着,只是笑了笑,没有说话。

当晚,妻子的同事过来了,笑容灿烂。同事的女儿也读一年级。

同事心花怒放地说:"你的儿子分在哪一班?"

妻子自豪地说:"一(8)班。"

"是个好班啊!"同事深有感触道,"去打点了吗?"

妻子笑笑说:"没有,本来有这样的想法,老公没有去。"

妻子问同事:"你的女儿在哪班?"

同事兴奋地说:"在一(3)班。"

"你也没有去活动吧?"妻子问。

"活动了。"同事说,"花了五千元。花钱是小事,达到了目的,脸上也有光。"

寒暄了一会儿,同事走了。

妻子感慨道:"我们真是运气好。学校也不全都有猫腻。我们就没有去活动。"

我一言不发,走到书房拿出一张报纸给妻子看。

妻子狐疑地看着我,说:"什么意思?"

我指着报纸对妻子说："你看看这里。"

妻子一看，竖起大拇指直夸我："还是你厉害啊！老谋深算。怪不得不动声色，原来是胜券在握啊！"

原来，就在我儿子入学的前十几天，本市的日报发表了我采写的人物通讯，说的就是我儿子学校校长的先进事迹。

照片的魔力

俗话说，大树底下好乘凉。丁洁波的舅舅是前呼后拥的领导，他希望舅舅帮他找一份工作，没想到舅舅婉言谢绝，只跟他拍了一张合影照，就让他回来了。

丁洁波带着照片回到了家，母亲喜滋滋地问："洁波，舅舅答应给你落实工作了吗？"丁洁波瓮声瓮气地说："你的弟弟真好啊，跟我拍了一张照片，就把我打发了，说我大学毕业了，有知识有文化，不要依赖别人，走自谋职业之路。"母亲看着沮丧的儿子，眼圈就红了，呸的一声骂："这个天杀地剐的，骨肉亲情都没有了。"

母亲一气之下，给弟弟打了电话，气鼓鼓地责问："你还是人吗？别人的事你都帮忙了，亲外甥的事你却不上心，你的良心哪里去了？"

弟弟不怒也不恼，慢条斯理地说："他是大学生了，怎么一点也不开窍？四年的大学白读了。让他动动脑筋。"

"你是站着说话不腰疼,还说风凉话。"母亲说完就挂了电话。

母亲心疼儿子,说:"算了,我们自己想办法,没有他日子就不过了？你不妨到城里打工吧!"丁洁波想想没有更好的办法,只好答应了。

丁洁波想起自己的高中同学在城里开了一家电器商店,过了几天就去了那里。同学正在看电视,看见丁洁波来了,热情地招呼:"丁洁波,什么风把你吹来了?"

"实话实说,我是来求你帮忙的。"丁洁波开门见山地说,"我找不到工作,想在城里打工,请你为我出主意呢!"

同学怔怔地看了丁洁波好久,嬉笑着说:"丁洁波,你开什么玩笑？你的舅舅是领导,呼风唤雨,什么工作找不到?"

说到舅舅,丁洁波就来气,愤愤地说:"什么舅舅,打开天窗说亮话,我是请他帮忙了,可是他不愿意,跟我拍了一张照,就置之不理了。"丁洁波说着,从口袋里拿出照片递给同学看。

同学看着照片,眼前一亮,眉开眼笑地说:"丁洁波,你真的要打工?"

"我不是跟你说了吗?"丁洁波说得很坚决。

"到我这里打工如何?"同学征询道。

"我求之不得呢!"丁洁波喜上心头。

"不过,有个条件,你把跟你舅舅的合影照放大送给我。"同学郑重其事地说。丁洁波愣住了,不知同学搞什么鬼名堂,狐疑地问:"照片有何用?"

"照我的话去做,其他不用你操心,你放心好了。"同学胸有成竹地说。

丁洁波见同学说得果断，也不再问了，把照片放大送给了同学。同学把照片过塑，挂在商场最醒目的地方，让丁洁波站柜台。

开始几天，生意冷冷清清，问津的人很少。约莫过了半个月，一位领导带着许多人路过丁洁波打工的电器商场，看了几眼合影照就走了。第二天，有人来了，问丁洁波："跟你合影的人是你的谁？"同学抢着回答："是他的亲舅舅。"别人就不再问，只是眯眼笑。

后来，奇迹出现了，商店门庭若市，都是一笔笔的大生意。丁洁波和同学数着大把大把的钱，乐开了花。

生意出奇地好，让丁洁波喜出望外，想起舅舅的漠不关心，心里有了怨恨，喃喃自语："舅舅啊舅舅，天无绝人之路，你不帮我，我也能赚到许许多多的钱。"

老同学听见了，"扑哧"一声笑，心花怒放地问："丁洁波，你知道我们的生意为啥这样好？"丁洁波百思不解，迷惑地说："这不是我们经营有方吗？"

"说实话，我们有今天，全沾你舅舅的光了。"同学指着那张合影照，慢条斯理地说，"奥妙就在这里，这是最好的广告呢！"

丁洁波一拍脑门，恍然大悟，久久凝望着合影照，舅舅红光满面，神采奕奕，很有风度地眯眯笑。

飞翔的鸽子

说起新任局长的最爱,大家都会有点猜不透。

鸽子,白色的鸽子。这个鸽子也不知来自何处,是胡局长从外边带回来的,要说奇怪也奇怪了,因为胡局长从来不上街买东西,更不要说这些可以上桌的鸽子了。

那天,胡局长从外边带回来两只鸽子,妻子想也没想,举刀就想杀了这两个小生命,换成一盘佳肴。刀还没落下,手中的鸽子已被眼疾手快的胡局长抢了过去,说:"你怎么这么残忍?你瞧,这毛多光滑啊,摸上去滑溜溜的,多舒服。你怎么下得了手,还是养着吧!平时,你闲时,还可以逗逗它们,为你消除寂寞!"妻子听听也有理,只是不明白,丈夫为何有如此的雅兴。

从此,胡局长回到家一有空闲,就站在鸽笼前,逗两只可爱的鸽子玩,一会儿摸摸头,一会儿喂喂食,要么跟它说些悄悄话。

一天,局长回家,精神饱满,心情舒畅,很热情地对妻子说:"鸽子养了这么久,今天难得好天气,给它们洗洗澡吧!"

妻子赶紧打来水,可是一打开鸽笼,两只鸽子趁着主人不注意,扑腾着翅膀飞出去了,一直飞到对面那幢楼的六楼去了,站在阳台上,对着局长"咕噜咕噜"地叫,像是在呼唤局长。这可如何是好?妻子一看,那个急啊,真是百爪挠心,大声对胡局长喊叫:"你愣着干吗呢?赶紧去逮回来啊!"

"怎么逮啊,在人家阳台上呢?"

"去敲门啊!"

胡局长装着无可奈何的样子向那户人家走去,心里暗暗得意。

胡局长风风火火地来到了对面六楼,敲开了小娜家的门。小娜刚沐浴出来,像出水的芙蓉,眼神流光溢彩,亭亭玉立。胡局长急不可耐地在小娜白嫩的脸蛋上亲了一口,忽然看见自家的鸽子亲昵地跟小娜的母鸽玩得正欢呢。胡局长受到了感染,忍不住了,心跳加速,脸色潮红,迫不及待地把小娜扑倒在床上,手脚麻利地褪去小娜的衣衫,手像一条蛇在小娜洁白细嫩的胴体上游移,大口地喘着粗气。小娜微闭着眼睛,扭动着蛇一样的身躯,呻吟着。胡局长一个猛虎下山,压在小娜的身上。

一小时后,胡局长心满意足提着鸽子疲惫地回来了,一进门就大喊:"真是累死了,这鬼精灵,跟我玩捉迷藏呢!"妻子看了看丈夫,心疼地说:"下次可不要再给它们洗澡了。瞧你,累得满身是汗!"胡局长看着妻子,意味深长地问:"你知道我们家的鸽子为什么要跑到那家去吗?"妻子摇了摇头。"告诉你吧,那家有两只雌鸽子!"胡局长说。

每隔几天,胡局长都要打开鸽笼,鸽子仿佛接到命令似的,扑扇着翅膀直向对面六楼飞去。胡局长借着找鸽子的理由,频频与小娜幽会,一番云雨。妻子不忍心让丈夫如此奔波,想自己去捉回。胡局长却怎么也不肯,还笑着说:"权当锻炼身体好了。"不过,让妻子欣慰的是,每次丈夫回来都是红光满面,甚至为自己能捉回鸽子感到自豪。

这几天胡局长出差在外,有一天,鸽子"咕咕"地叫个不停!

妻子心疼鸽子,接过丈夫的任务,给鸽子喂食。不知咋的,那鸽子趁她不留神,倏地一下飞走了。妻子抬头一看,嗯,又是那个六楼。妻子心里暗笑,鸽子啊,鸽子啊,你莫非是喜欢上了那家的鸽子! 妻子想着,朝那家走去。

"咚咚咚",气喘吁吁的妻子敲着门。

"急什么,不是说好今天不来吗? 这么急,你也长翅膀了……"里边传出娇滴滴的声音,勾魂摄魄。

"吱呀",门开了。门里门外的两个女人却呆若木鸡。门里,妩媚的脸僵住了;门外,汗流满面的脸愣着了。

"你,你不是老胡的秘书小娜吗?"

"胡夫人,你找我有事?"

"你刚才说什么呀? 什么今天说好不来的?"胡夫人满腹狐疑,眼睛直直地盯着小娜那张清秀的脸。

"我在跟鸽子逗着玩呢!"小娜捋了一下瀑布似的长发,掩饰自己刚才的窘态。

胡夫人似乎意识到了什么,往里张望了一眼。房间里只有小娜一人,室内布置得井井有条,显得温馨而浪漫。妻子冷若冰霜地说:"你把我家的鸽子交出来。"

"你家的鸽子? 这里哪有你家的鸽子?"小娜漫不经心地回答。

胡夫人不愿与她费口舌,径直地走进房内,把正玩得投入的鸽子逮了个正着,怒气冲冲地离开了。

一路上,胡夫人浮想联翩,丈夫每次找鸽子都要花一个多小时,孤男寡女待在一起,说不定干着偷鸡摸狗的事呢! 胡夫人想着,心里泛起酸酸的感觉,恨不得把鸽子狠狠地摔在地上。

回到家,胡夫人拿来一把刀,褪毛剥皮,狠狠地把鸽子剁成了肉块。听着鸽子的惨叫,胡夫人感到从来没有的快感!!

胡局长回到家,不见了鸽子,便问妻子:"鸽子呢?"

"宰了!"妻子硬生生地回答。

胡局长听了,心里明白了八九分。他懊悔不已,露馅了。鸽子怎么也像我一样呢? 几天不尝荤味,心里就发慌。

厚厚的信封

岁末年尾,零星的鞭炮声连续响了好几天,烘托出几分喜庆的味道。明天就要放假了,郭天同趁着下午没有要紧的事,串了几个办公室,向几个好友拜了早年,踅回自己的办公室,收拾好凌乱的办公桌,喝了一杯茶,抽了一支烟,天色已经暗下来了。

郭天同把自己的奖金放在一个大信封里,拿在手上,唱着轻快的小曲走出了办公室。经过处长办公室的时候,发现室内的灯还亮着。郭天同想,处长还忙着呢,不妨进去向他拜个早年。这样想着,郭天同下意识地推开了处长办公室的门。

"处长,天都黑了,还不下班?"郭天同看着处长伏在桌上写着什么,恭恭敬敬地说。

"哦,是小郭,请坐。有什么事吗"? 处长打量着郭天同,亲切地说。他知道郭天同很少来办公室。

"没什么事,就来,看看你。"处长一问,郭天同有点不好意思,紧张得连说话也有点结巴。

"我说小郭啊,有事就直说嘛,不要吞吞吐吐的。来,喝杯茶。"处长很热情,递过一杯茶,让郭天同坐在沙发上。郭天同盛情难却,也只好坐着喝起茶来,缄默不语。

看着郭天同诚惶诚恐,局促不安,处长更坚信了自己的猜测,就坐到他的身边。"小郭,我对你们年轻人关心不够,你要有什么意见,有什么要求尽管提,放心好了,我会给你解决的。"处长和风细雨地说着。郭天同不知该说些什么,如坐针毡,脸色也变红了。"你呀你,像个姑娘,羞羞答答的。"处长执意地问着,使郭天同不知所措。

"处长,真的没事。看着你办公室的灯亮着,就进来了,向你拜个早年。"郭天同说完话,慌慌张张地跟处长告辞。处长看着郭天同远去的背影,不禁摇了摇头,觉得莫名其妙。

处长坐回自己的办公桌边继续忙碌起来,抬眼间,突然看见茶几上一个很厚实的信封,感到奇怪,是谁的信封? 没有人进来呀! 哦,肯定是那个小郭。他是忘了,还是故意留下的? 里面是什么东西? 什么意思? 处长连续想了好几个问题,百思不解。

这个信封的诱惑力真是太强了,处长的心一个劲儿狂跳,情不自禁地走到茶几旁,不由自主地按了按那个信封,软软的,厚厚的,摆放得很整齐。是钱? 是小郭送给我的? 好一个小郭,表面不动声色,颇有心机呢! 处长猜度着,脸色生动起来,跷着二郎腿,掏出中华烟,点燃一支,悠闲地吞云吐雾起来,一脸的陶醉。

处长抽烟的工夫,转而一想,也许小郭走得匆忙遗忘了,待一会儿吧,看他回不回来拿。时间一分一秒地过去了,处长等得很焦急,总算过去了半个小时,没有见到郭天同的影子。处长断定,那是小郭孝敬自己的礼物了。春节前后，处长收到这样的礼物是数不胜数。"你这个小郭啊！"处长感叹的同时，也对小郭有了好感，后悔自己当初没有好好培养，让他坐了冷板凳。

郭天同急急忙忙地回到家，才知道自己的那个大信封丢在处长的办公室了，里面是自己的血汗钱哦，心里忐忑起来，不好，闯祸了，要是处长知道了自己信封里的钱，心里会怎样想呢？几千元钱说是小事，但说我行贿，这个名声就臭了，我是跳进黄河也洗不清了，真是搬起石头砸自己的脚。郭天同越想越不是滋味，转身飞也似的向单位跑去。

处长拿起信封不看一眼，捏了捏，揣进衣兜里，晃荡着八字步，神采飞扬地踱出办公室，在单位的大门口与大汗淋淋的小郭撞了个满怀。

"小郭，怎么回来了？"处长一愣，脸色显然不好看了。郭天同也怔住了，看着处长鼓鼓的衣袋，灼灼的目光，刚想开口又闭住了。

郭天同镇定了神，这话怎能说得出口？就当作没发奖金吧！便笑吟吟地说："我把自己的东西忘在办公室了，想起了就回来拿。"

处长一听，刚才紧绷的脸松弛下来，挤出了一丝微笑，和蔼慈祥。

处长弯下肥硕的身躯，钻进了小车，"嘀嘀"几声开走了。小郭直愣愣地站着，看着处长离去的身影，一脸茫然，心痛不已，一声叹息，今年的奖金泡汤了。

峰回路转，开春工作一开始，小郭被任命为办公室副主任，让小郭大出意外，喜上眉梢。好友问小郭："当上主任有什么感想?"小郭大言不惭地说:"一句话,你去想呗。"

赚外快

我是S局的驾驶员,鞍前马后地跟着领导转,很少有自由的时间。得知几个同行假期里利用公车跑外快,大大改善了生活条件,我心里直痒痒的,巴望有朝一日也来个潇洒开一回。

机会终于来了,这个双休日,局里没有出车的任务,我打算趁这个机会碰碰运气。

天下着蒙蒙细雨,我一大早就起床了,神出鬼没地开着小车出去揽活。第一次出去接客,我心里紧张兮兮的,不敢在大街上招摇过市,怕熟人发觉影响不好,只好偷偷摸摸地在郊区偏僻的地方来回穿梭。东奔西跑,忙活了一天,功夫不负有心人,我赚了好几百元钱,喜不自禁,这下可好,可以贴补家里零用了。

夜色朦胧,我兴高采烈地开着车准备回家。到了城乡接合部,人来车往,交通也不通畅,我减慢了速度行驶。在一个转弯的地方,一个人向我挥手示意停车,我说不出的兴奋,又来一笔生意了,真是运气好,出师大捷。"吱"的一声,我毫不犹豫一个急刹车,把车子停在那人的身边。我回头一看,吓得魂儿都出窍了,大事不好,露馅了,我遇到了我不愿遇到的人,我的顶头上司——张局长。

我立即发动马达,调转车头趁着夜色想来个鞋底抹油——溜之大吉,却被局长挡住了。局长大声吆喝:"你这个人怎么这样?我又不是白坐你的车,怎么就要开走?"我支支吾吾的,慌忙戴上墨镜,只好停下来,心里怦怦乱跳。局长潇洒地拉开车门钻了进来,一个精致的姑娘也跟着钻进来,紧紧地靠在局长的身边。

"到风情别墅。"局长一声令下,我才明白局长没有发觉,立即风驰电掣地向郊外开去,一改以往有说有笑的习惯,沉默不语,一本正经地开着车。

天色越来越暗,远处的广告牌闪烁着迷人的光彩。局长坐在车上潇潇洒洒地跟姑娘说笑着,全没了往日的威严,倒有几分柔情。姑娘也活络,甜言蜜语,嗲声嗲气的腔调。

"停车。"车子还没到别墅,局长突然喊了一声,我顺从地在一个角落停下来。局长赶忙拉开车门钻出来,扔给我五十元钱掉头就走。姑娘很不情愿地钻出来,嘴里嘟嘟囔囔着,似乎在怄气。我不敢声张,暗暗得意,一踩油门,一溜烟地跑了。谢天谢地,我松了一口气,心中的一块石头落了地,局长没有发现我。

第二天,我正给车子保养,手机响了。我一接听,是局长让我到局里去一趟。我忐忑不安,今天是星期日,局长找我有什么事?在局里开车好几年了,这样的事还是第一次。既然局长说有事,我也无可奈何,硬着头皮来到了局里。

局里很安静,只有一个看门老人。我跟老人打了招呼,径直来到了办公楼,敲了敲局长的门。局长说:"进来吧。"我就进去了,手足无措地站着。

局长递过一杯茶,让我坐下,我有受宠若惊的感觉。局长斜着眼睛问:"立达,你是否用公家的车在外面赚外快?"局长的口气中透着严肃。我惊讶不已,唯唯诺诺地说:"局长,是我错了。

我是第一次,也是最后一次。"我知道自己的声音都在颤抖了。

"我知道你家境不是很好,赚些外快情有可原,但要注意影响。幸亏我知道,要是别的领导知道就不好了。"局长一改刚才的神情,和蔼地说。

"局长,谢谢你的关心。"我连忙献殷勤。

局长点燃了一支烟,狠狠地吸了一口,说:"昨天坐在车上的那个姑娘是我的一个远房亲戚,从来没有到过我们这里,我陪着她出去转了转。"局长说着,瞅了我一眼,眼神很复杂。

为什么局长要跟我说这些? 我脑子里产生了问号。我不知道该说什么,不假思索地敷衍:"局长做得好,这是人之常情。"

半响,局长站起来,在房间里走了几步,郑重地对我说:"立达,你开车送客赚外快就你知我知了,以后可要注意哦,不要太张扬,更不能道听途说乱说话。"

"谢谢局长。我一定按你的嘱咐去做。"我喜出望外,信誓旦旦地说。

"你知道就好。今天就说这些。你还可以出去赚外快呢。"局长说着,脸上堆起了笑,夹起了公文包,我也立即告退。

坐在车上,我说不出的快乐,就驾着小车出去揽活了。久而久之,家境也有了起色。

有一次,一个好友问我:"你怎么有这样的胆子啊? 利用公车赚外快。"

我挤眉弄眼一番,含糊其辞地说:"偶尔为之,偶尔为之。"他怎能知道这是我和局长心照不宣的秘密啊!

吐烟圈

王学港一介书生,写得一手好文章,在机关里当秘书,干了两三年的笔墨营生。王学港写文章有时效性和突击性,其余时间很清闲,在迎来送往中学会了抽烟,一抽就上了瘾,一发而不可收拾。王学港除了抽烟别无嗜好,写文章的时候就会掏出一支烟抽。

王学港书卷气十足,抽烟讲究情调,开始的日子里,喜欢一人独自坐着,悠闲地吞云吐雾。他抽的是二十几元一包的烟,花的是自己的血汗钱,舍不得浪费半点,直抽到海绵蒂为止。心血来潮时,王学港使劲吸一口,仰起头,鼓起腮帮,嘴巴聚拢成一个"O"形,就像鱼儿吐泡泡一样,吐出一个个大小不一的烟圈。烟圈争先恐后地从他嘴巴里钻出来,接二连三晃着脑袋,像一串冰糖葫芦在空中舞动。王学港陶醉在烟雾缭绕中,有滋有味,一篇篇精妙绝伦的文章在笔下诞生了,让那些头头脑脑们喜笑颜开,出入各个会场风光无限。

王学港的文章写得漂亮,抽烟也见功夫,这个功夫不是在烟量上,而是抽烟的花样五花八门。一次,大伙儿闲着无聊,起哄着让王学港玩吐烟圈。王学港见呼声强烈,推辞不得,摆好姿势,一个个形态迥异的烟圈飘然而出,一圈套一圈,一环扣一环,看得大伙眼花缭乱,只有羡慕。偌大的办公大楼,竟无人与之匹敌。

王学港感慨道:"别小看这些雕虫小技,学问大着呢! 要吐出千变万化的烟圈,在于自己气流的控制和思想的集中。"

王学港吐烟圈的本领屈指可数,所写的文章也无可挑剔,深受领导的赏识。于是乎,机关里"一支笔"的美誉不胫而走,上上下下都知道。

王学港成了机关里的"一支笔",身份也随之改变,从办事员到办公室主任再到副局长然后是局长,一路飙升,仕途顺畅。

成了领导的王学港却不写文章了,自有人为他捉刀。要不就是即兴演讲,慷慨陈词,深入浅出,引人入胜。王学港作报告发指示的时候多,外出参观考察的时候也多,走马灯似的连轴转,生活习惯全被打乱了。

唯独不乱的是王学港的抽烟,吐烟圈。累了的时候,王学港不由自主掏烟抽,吐烟圈,目不转睛地看着一圈圈烟雾四下扩散,盘根错节,变幻莫测。王学港大手一挥,烟圈销声匿迹。王学港做事就像挥烟圈一样,披荆斩棘,雷厉风行,游刃有余。

王学港工作卓有成效,日子过得潇潇洒洒,吐烟圈的本领驾轻就熟,不可同日而语。

那一晚,王学港被一个老板喊着去外面玩,说领导日理万机,应该放松放松,有了好身体才可以更好为百姓造福。王学港听得心里热乎乎的,经不得老板的花言巧语,去了"娱乐大世界"。

这"娱乐大世界"真让人长见识,什么桑拿、按摩,应有尽有,不该有的也有。让王学港兴奋不已的是那些美人鱼一样的小姐,杨柳身,水蛇腰,说话轻声柔语,动作轻柔滑腻。小姐媚眼一抛,王学港的身子立刻酥软了,小姐成了怀中温顺的小猫,娇滴滴地扭作一团。

小姐从王学港的怀里溜出来,娇嗔道:"听说局长大人有一个绝技,能否让本小姐一饱眼福?"王学港掏出烟,小姐立即给点上,深吸一口,噘起的嘴钻出了一个个烟圈,层出不穷,妙趣横生,看得小姐兴致盎然,百般娇媚,钻进王学港宽厚的胸膛,成了一只人见人爱的乖乖猫。

小姐嘻嘻笑,指着王学港的鼻子说:"我是大烟圈,你是小烟圈,我把你套住了,看你怎么办?"王学港也不示弱,随机应变,说:"不管你是小烟圈,还是大烟圈,我一挥手什么都没有了!"他们一唱一和,就像小时候过家家一样。

吐烟圈的游戏成了王学港的家常便饭,日子过得像神仙。那一天,王学港兴致勃勃地与小姐玩着吐烟圈的游戏,纪委的一个电话来了。王学港大惊失色,顾不得吐烟圈的洒脱,匆匆忙忙地走了。

坐在纪委办公室里,王学港垂着头,像一只被毒太阳烤蔫了的茄子,坐立不安,一扫在台上的威风,大汗淋漓。

王学港哆哆嗦嗦地掏出烟,像饥饿的人见到面包一样,深吸了一口,嘴巴一张,想吐出烟圈,可是嘴唇哆嗦,怎么也吐不出一个来。

前面的美女看过来

晚上,月光溶溶,微风轻拂,闲着的我无所事事,信马由缰地来到了滨江公园,随意地走来走去。

滨江公园,繁花似锦,小桥流水,赏心悦目。更让人赏心悦目的是一个个娇艳的美女,婀娜多姿地映入眼帘。

一路走来,美女擦肩而过,或冲你笑,或向你瞟,非让你的骨头酥一回不可。

跟那些顾盼流连的美女一比较,妻子就逊色多了。尽管妻子长得不赖,身材高挑,面容白净,文文静静。

外面的世界真精彩。我一发而不可收拾,于是乎,我一改以往守在电脑前的习惯,不管妻子在不在家,一吃过晚饭,便独自到滨江公园溜达,巴望着一次"花絮"的到来。

每次外出回来,我都处在亢奋之中,想入非非,美女像走马灯般在眼前浮现,鬼灵精怪般冲我笑。我对妻子的热情降到了冰点,爱理不理了。

曾几次,妻子疑惑地打量我,张了张嘴却没有说出来,神色黯然。

没有妻子的干涉和阻挠,我明目张胆,得意忘形,频频光顾滨江公园,看看风景,看看美女,情绪特别好。

一个晚上,下起了毛毛细雨,我放下饭碗,收拾了一下脸面,准备外出。

妻子瞥了我一眼,问:"干啥去?"

我漫不经心地答:"散步去。"

"下雨了还要去?"妻子盯着我说。

"雨中散步,强身健体。"我说。

妻子不再问了,转回到厨房开始洗刷起来。

细雨轻柔地下着,飘飞在朦胧的灯光中,令滨江公园更有浪漫的情趣。

我来来回回走了半个小时,忽然看见前面一位女人的背影,个子高挑,身材窈窕,撑着一顶小花伞,缓缓地向前走,宛如一位丁香姑娘。我猜想,这个女人不是貌若天仙,就是气质高雅的人。

我产生了一个欲望,跟女人来一次亲密接触。

真是奇了怪了,似乎有了感应,我急急地走,女人也急急地走;我慢下来,她也慢下来,跟我若即若离,保持着一定的距离。

这一下我的胃口被吊起来了,非看个究竟不可。

我当着有事的样子小跑起来,向着前面的女人赶去。也许女人觉得跑步有失文雅,只是快走了几步,然后停了下来,站在江堤眺望着江面闪闪烁烁的渔家灯火。

我礼貌地上前搭讪:"你好,能交个朋友吗?"

女人不动声色,静静地站着,陶醉在波光粼粼的江面上。

我来到了女人的左边,女人的小雨伞向左边倾斜。我又来到了右边,小雨伞又向着右边倾斜,无论我使出什么招数,就是不识女人的庐山真面目。

我急中生智,趁着女人没有防备,装着系鞋带的样子蹲下来,才看清了她的真面目。

不看不打紧，一看，我愕然了。女人不是别人，而是我的妻子，她神色从容，既没笑也没怒，仿佛寻花问柳的我不是她的男人。

我惊讶不已，说："怎么是你？"

"怎么就不是我？"妻子合了伞，冷冷地说。

我讪笑着，默然不语。

"让你失望了。"妻子讥笑道，"你出来散步是假，猎艳是真。一个花心大萝卜。"

我听着，心里一阵悸动，唯唯诺诺，脸一阵红，一阵白，百口莫辩。

"没想到我一个半老徐娘，也会有被人猎艳的时候。"片刻，妻子调侃道，"我的丰韵不减当年，还有魅力呢。"

我的脸抽搐了一下，心里一沉。是啊，妻子丰韵犹存，我怎么没有发现呢！是距离产生美，还是我鬼迷心窍，把自己的眼睛糟蹋了。

我忐忑着说："你一个女人家，独自外出很危险的。要是被不怀好意的男人纠缠，后果不堪设想。"

"有什么危险？有男人跟我套近乎，巴不得呢！"妻子说，"男人可以猎艳，女人就不能吗？外面的世界真的很精彩。"

听着妻子一番话，我哑口无言，懊悔不迭，心里爬满了蚂蚁。

此后，我再也不敢外出了。

妻子说："怎么不去散步？外面的世界真的很精彩。"

我说："还是在家里好，守在家里心里踏实。"

妻子瞄了我一眼，狡黠地笑了。

萌动的欲望

杨伟的心如同夏日一样火热,开始蠢蠢欲动。同事说:"现在时机成熟,气壮如牛,正是进场的好机会。"

是啊,杨伟心里想,同事们个个红光满面,神采奕奕,不就是进去的结果吗? 自己的生活太乏味,太单调,一点色彩也没有,一潭死水。

进去是要钱的,妻子管得紧,自己的工资一分不落地上缴家财政了,到哪里弄钱去? 杨伟显得颓丧,嘟囔道:"有钱能使鬼推磨,这话真不假。"少顷,杨伟一拍脑门,眉头一皱,计上心来,自己平常写一些文章,也挣了几万元稿费,这是自己的小金库呢! 妻子是不知道的,何不用这些钱?

有钱就是好,说干就干,在同事的指导下,杨伟偷偷地进场了。

进场的杨伟精神抖擞,目光炯炯,觉得日子很快活,那个氛围耳目一新,刺激,令人热血沸腾。杨伟感叹自己找到了新的生活方式,赶上时代的潮流了。

做这样的事,毕竟是有风险的,暂且不说领导的追究,要是被妻子发觉,日子就不安生了,让你吃不了兜着走。杨伟不敢麻痹,也不轻举妄动,偷偷摸摸地做着自己的事,小心翼翼地应付着妻子的盘问。

杨伟玩得尽兴,时局却骤然发生了逆转,有关部门开始提醒风险了,形势一团糟。玩上瘾的杨伟看不到生动的脸,整日愁眉苦脸,唉声叹气。眼看一张张的钱好像丢进水里一样,连一个泡泡也没有冒出来,杨伟苦不堪言,不由得想起了钱钟书写的《围城》。他很后悔自己稀里糊涂跟在同事后面走。

可是,杨伟不敢表露出一丝一毫,那是瞒着妻子做的事。他知道妻子很抠门,而且是个急性子。万一被妻子察觉,后果不堪设想,日子就不是日子了。杨伟反复告诫自己。

杨伟私下很对不住妻子,自己这么一玩,钱打了水漂不说,身心憔悴,工作也荒废了不少。尽管杨伟心急如焚,但在妻子面前不动声色,似乎什么也没有发生,依然是一副乐天派的样子。

大概是杨伟藏得深,没有露出一点破绽。这一阶段,一向爱理不理的妻子反倒热情主动起来,一改火暴脾气,说话也轻声细语,显得温柔可亲。杨伟一回到家,妻子笑脸相迎,笑吟吟地说:"回来了啊!"说着,将一杯茶水摆放在案头,自己张罗饭菜去了。

妻子对杨伟越好,杨伟越觉得无地自容,很愧疚。

那一次,杨伟醉醺醺地回家,妻子冷冰冰的,一反常态,杨伟大献殷勤也无济于事。

妻子虎着脸问:"杨伟,你老实交代,你在单位做了什么事?"

杨伟一听,双脚软了,但不想马上做俘虏,壮着胆子说:"我没有做什么事啊!都是公事嘛!"

"你狡辩。"妻子脸色绯红,大声呵斥,"不见棺材不落泪。"

杨伟很心虚,吓出一身冷汗,嗓子发涩,结结巴巴地问:"你说我……我做了什么事?"

"你肯定做了见不得人的事。"妻子杏眼圆睁,义正词严地说，"要不，你夜里怎么都说杀爹杀爹的？"

杨伟见事情败露，也不隐瞒，老老实实说："老婆，不瞒你说，我炒股了，买的股票都被套住了。是我不对，没有征求你的意见，请你原谅。"

妻子听着，大吃一惊，没想到他也炒股了。片刻，妻子扑哧一声笑了。杨伟看着，不寒而栗，连连求饶："老婆，你打吧，骂吧，这样我心里好受一些。"

猛地，妻子一把抱住杨伟，嘤嘤地哭泣，泪水像拧开的水龙头一样哗哗地流。

杨伟以为妻子心疼钱，竭力安慰："老婆，我保证给你赚回来。"

妻子越哭越伤心，恰似一只温顺的小猫，抽噎道："老公，我对不起你，我也炒股了。家里的积蓄全赔光了。"

杨伟一听，身子一下子僵住了，木头一样，目瞪口呆地看着妻子。恍恍惚惚中，杨伟似乎看到空中纷乱地飘动着一张张崭新的人民币在盘旋，令人眼花缭乱……

半晌，杨伟醒悟过来，看着妻子小鸟依人的模样，一股激情从心底萌发，轻轻地拍着妻子柔软的后背，狡黠地说："老婆，我好久没有这样抱过你了。钱是身外之物，算不了什么。"

妻子转过头，深情地看着，泣不成声……

微信时代

他走在路上,掏出手机玩。他的手机是新买的,是名牌产品,新颖精致。

她走在路上,掏出手机玩。她的手机是新买的,是名牌产品,新颖精致。

他是从餐馆走出来的,酒足饭饱,意气风发。

她是从餐馆走出来的,酒足饭饱,意气风发。

晚风轻拂,灯光灿烂,大街上人来人往,热热闹闹,有许多人低着头,把玩着手机。

他走在大街的东边,一边走,一边玩着微信,手指灵活地跳动,不时露出笑容,专心致志,兴致勃勃。

她走在大街的西边,一边走,一边玩着微信,手指灵活地跳动,不时露出笑容,专心致志,兴致勃勃。

他撞上了人,嘴角一咧,说了声对不起,眼睛不离屏幕。

她撞上了人,嘴角一咧,说了声对不起,眼睛不离屏幕。

他走到了家,洗漱了一下,穿上睡衣,坐在床头。

她走到了家,洗漱了一下,穿上睡衣,坐在床头。

他掏出手机,用餐巾纸擦了擦,迫不及待打开了微信,发了一条信息:餐馆的菜肴味道怎么样?附带上一串的图符。

她掏出手机,用餐巾纸擦了擦,迫不及待打开了微信,发了一条信息:餐馆的菜肴味道怎么样？附带上一串的图符。

他和她几乎是同时发出的。

他笑了笑,回复了:味道不错,价廉物美。后面附上几个搞笑的图符。

她笑了笑,回复了:味道不错,价廉物美。后面附上几个搞笑的图符。

他和她几乎又是同时回复的。

下次定个时间再去吃。好吗？他发出了信息。

好。她回复了。

下次去餐馆吃饭还是采用 AA 制。好吗？她发出了信息。

好。他回复了。

这样谁也不欠谁了。他和她不约而同地发出了信息。信息后面同样是几个令人发笑的图符。

下次去餐馆,不能看帅哥哦!

下次去餐馆,不能看美女哦!

……

他发着信息,神采飞扬,时间悄然而去。

她发着信息,神采飞扬,时间悄然而去。

已经是深夜了,小区里灯光渐渐地熄灭。

他伸了伸胳膊,发出了信息:亲爱的,可以休息了。吻你。带上一个红红的嘴唇。

她伸了伸胳膊,发出了信息:亲爱的,可以休息了。吻你。带上一个红红的嘴唇。

他迅速脱下睡衣,拉灭了左边床头灯,躺了下来。

她迅速脱下睡衣,拉灭了右边床头灯,躺了下来。

房间里霎时黑咕隆咚,崭新的席梦思大床有了轻微的晃动。

他和她是一对新婚夫妻。

庞局长

庞局长嗜酒,尤喜喝茅台,熟知他的人都知道。

每次宴请庞局长,主人都会大声吩咐,拿茅台来。于是,餐桌上就摆上了一瓶瓶晶莹剔透的茅台。庞局长看着,眉开眼笑起来,显得特别和蔼可亲。

庞局长家里的酒柜也摆满了酒,主角自然是茅台,杂牌酒在那儿没有容身之地。当然,这些酒根本不需要庞局长自掏腰包,自有人送上门来。

且说庞局长从职务上退下之后,酒柜日渐冷清,只有空瓶子摆着,装点门面。当最后一瓶茅台离开酒柜放到饭桌上时,老伴不得不提醒他,仅此一瓶了! 庞局长与孤零零的酒瓶对视片刻,面色有点凄惨,淡然一笑,嘟囔道,喝吧,喝完了再买。

有一日,庞局长原来的司机小李来了,实在难得。自从庞局长退下来后,以前经常上门嘘寒问暖的连人影也看不见,别说登门拜访了,门前冷落车马稀。今日看到老部下登门拜访,庞局长岂不感动? 庞局长一高兴,对小李盛情挽留,说,小李,机会难得,我们好好聚一聚。

老伴,拿瓶茅台来。庞局长底气十足,声如洪钟,可把家里没酒的事忘得一干二净。老伴犯难了,家里哪有茅台啊,空瓶子倒不少。招待客人没有酒也说不过去,何况在客人面前嚷嚷了,面子也过不去。真的去买酒,市场上一瓶茅台要上千元钱,要花半个月的退休工资,心疼着呢!老伴不知如何是好,焦急中忽然看见酒柜里的空瓶子,计上心来,轻悄悄地出去了。

老伴拿着一瓶茅台,乐颠颠地回到家,一番烹调,一道道珍馔摆满了一桌。庞局长接过老伴打开的茅台,用鼻子嗅了嗅,仔细地看了看,只见酒色透明清澈,香气浓郁清纯,不由得喜上眉梢。他给小李倒了一满杯,自己也倒了一满杯,呷了一口,让酒在口腔里逗留一会,然后慢慢咽下。就在酒液滑过他的喉头,酒味回升上来时,庞局长惬意的笑脸成了弥勒佛,竖起拇指赞不绝口,茅台酒就是不一般,小李,慢慢喝,我们来个一醉方休。

小李喝了一口,浓烈的酒气很呛鼻,酒液在口腔里火辣辣的,惹得嗓子发痒,忍不住咳嗽起来。这是什么茅台,分明是假酒。老局长怎么辨不出来呢?莫非老局长的品酒功能衰退了?小李暗自思忖,不声不响。

小李,来,我们干一杯。庞局长兴致很浓,咣当一声响,与小李碰了杯,一仰脖,咕噜一声,喝了个底朝天。看着老局长喝得痛快淋漓,小李不好意思拂他的心意,眉头一皱,一咬牙,才把一杯酒咽到肚子里,朗朗大笑着说,好酒,好酒,味道不错。庞局长听了心花怒放,很是满足,好久没有这样尽兴了。

老伴看着庞局长那副馋相,感到吃惊,我明明买的是普普通通的白酒,他怎么品不出来?是真不知还是装糊涂?还有小李,不哼半个不字,也许被酒醉得迷糊了,不分优劣。老伴的心里像十五只吊桶打水,七上八下,怔怔地打量着一老一小。

酒足饭饱,庞局长与小李寒暄一阵,小李便告辞而去。庞局长哼着京剧,迈着八字步,在房间里来回踱步,陶醉在酒意中。

老庞,你知道喝的是什么酒吗?老伴突然地问。

什么酒?不是茅台吗?老庞佯装疑惑地说。

哪有什么茅台?我是买了别的白酒装进这个瓶子里以假乱真的。老伴说明了真相。

庞局长眨了眨眼,嘿嘿了几声,说,这就对了,不愧是局长夫人,久经考验,很有计策嘛!

庞局长这一说,倒让老伴糊涂了,狐疑地看着庞局长,说,你这是什么意思?

我知道不是茅台。庞局长略带伤感地说,我老庞当了十几年的局长,风光一时,即使从职务上退下来了,也是有身份的人嘛!怎么能让人看出寒碜来?

老伴听着,站在一旁发了呆。